L'ÉVOLUTION DE LA DOCTRINE

DU PURGATOIRE

CHEZ SAINT AUGUSTIN

PUBLICATIONS DE L'UNIVERSITÉ LOVANIUM DE LÉOPOLDVILLE

—————————— 20 ——————————

QUATRIÈME VOLUME PUBLIÉ PAR

LA FACULTÉ DE THÉOLOGIE
DE L'UNIVERSITÉ LOVANIUM DE LÉOPOLDVILLE

Joseph NTEDIKA

L'ÉVOLUTION DE LA DOCTRINE

DU PURGATOIRE

CHEZ SAINT AUGUSTIN

ÉTUDES AUGUSTINIENNES
8 rue François-1er
PARIS (VIIIe)
1966

AVANT-PROPOS

Depuis quelques années des travaux exégétiques et historiques cherchent à redécouvrir la place et la signification de la mort dans le mystère chrétien. C'est à ce grand effort qu'on a voulu s'associer par cette monographie.

Cette contribution constitue une des parties importantes de la thèse de doctorat que nous avons soutenue le 19 mai 1964 devant la faculté de théologie de l'Université Lovanium de Léopoldville et dont l'objet était l'évolution de la doctrine du purgatoire dans l'Église latine, principalement durant la période qui va de saint Augustin à Bède le Vénérable, en passant par Césaire d'Arles et Grégoire le Grand.

La partie que nous publions précise l'apport de saint Augustin dans l'évolution de la doctrine du purgatoire et la valeur qu'il attribue à la prière pour les morts.

En présentant ce travail je voudrais dire encore combien j'ai apprécié le dévouement et la compétence de mes maîtres de la Faculté de théologie de Lovanium dont l'enseignement m'a introduit à la théologie et à l'histoire du dogme. Je remercie tout spécialement monsieur le chanoine A. Vanneste, doyen de la Faculté, qui m'a éclairé et soutenu tout au long de cette recherche.

Mon hommage de gratitude et de respect va aussi à monsieur le professeur H.I. Marrou de l'Université de Paris, dont les conseils autorisés m'ont permis d'apporter plusieurs améliorations au texte. Je suis également reconnaissant envers l'*Institut des Etudes augustiniennes* qui a accepté d'insérer cette étude parmi ses publications.

Joseph NTEDIKA.

INTRODUCTION

Dans l'évolution de la doctrine du purgatoire la contribution de l'évêque d'Hippone a été considérée par beaucoup d'historiens comme tout à fait déterminante. D'aucuns vont jusqu'à assurer qu'Augustin enseigne clairement et fermement ce point. Quelques-uns cependant s'opposent plus ou moins radicalement à cet avis.

Selon E. Portalié, A. Michel et P. Bernard, l'*existence* du purgatoire est absolument certaine chez Augustin. Seule la *nature* des peines à y subir serait pour lui assez obscure et problématique[1]. J. Goubert. L. Cristiani, E.F. Durkin, J. Gnilka, M. Huftier et d'autres pensent aussi qu'Augustin enseigne, sans aucun doute, la doctrine du purgatoire[2]. Bien plus, R. Hofmann soutient même qu'il serait le premier des Pères à la formuler d'une manière précise[3].

A l'appui de leur thèse plusieurs de ces auteurs apportent une confirmation. De la prière pour les morts souvent enseignée par Augustin ils concluent à sa foi en l'existence du purgatoire[4]. Ils avancent que l'une

---

1. E. PORTALIÉ, art. *Augustin (saint)*, DTC, I, 1902, 2447 et 2448 ; A. MICHEL, art. *Purgatoire*, DTC, XIII, 1936, 1221 et 1222 ; P. BERNARD, art. *Purgatoire*, dans *Dict. apologétique de la foi catholique*, IV, 4 édit., 1928, 508 et 522.

2. J. GOUBERT - L. CRISTIANI, *Les plus beaux textes sur l'au-delà*, Paris, 1950, p. 192-197 ; E.F. DURKIN, *The theological distinction of sins in the writings of st. Augustine*, Mundelein (Illinois, U.S.A.), 1952, p. 137 ; J. GNILKA, *Ist 1 Kor. 3, 10-15 ein Schriftzeugnis für das Fegfeuer ? Eine exegetisch-historische Untersuchung*, Düsseldorf, 1955, p. 82 et p. 58, note 91 : « Das Purgatorium gehört sicher zum augustinischen Lehrgut » ; M. HUFTIER, *Péché mortel et péché véniel*, dans *Théologie du péché* (*Bibliothèque de théologie*, s. 2, 7), Tournai, 1960, p. 372, 374.

3. R. HOFMANN, art. *Fegfeuer*, dans *Realencyclopädie*, V, 1898, p. 790 : « Jedoch ist auch hier wohl zu unterscheiden zwischen der alten Reinigungslehre und der im Mittelalter ausgebildeten Fegfeuerlehre, wie sie durch das Tridentinum sanktioniert worden ist. Jene finden wir in ihren Anfängen bei Augustin, in ihrer weiteren Entwickelung bei Cäsarius Arelatensis, und zum Dogma erhoben bei Gregor dem Grossen ».

4. PORTALIÉ, art. *Augustin (saint)*, DTC, I, 1902, 2248 ; P. BERNARD, art. *Purgatoire*, dans *Dict. apologétique de la foi catholique*, IV, 4 édit., 1928, 508 ; E.F. DURKIN, *The theological distinction of sins in the writings of st. Augustine*, Mundelein (Illinois, U.S.A.), 1952, p. 137-38.

et l'autre sont intimement liées. E. Bergier identifie d'ailleurs les deux, puisqu'il parle du « dogme du purgatoire ou de la prière pour les morts »[5]. N. Hill introduit une certaine distinction. Il estime qu'en prônant les suffrages pour les morts Augustin exprime sans doute sa croyance dans les *peines* du purgatoire, mais sans attester par là même la souffrance du feu[6]. Toutefois, en dépit des diverses nuances, on peut dire que la position de beaucoup d'auteurs revient toujours à la même inférence fondamentale : l'enseignement augustinien des suffrages pour les morts constitue, nous dit-on, une affirmation de l'existence du purgatoire.

Pour E. Picard, au contraire, saint Augustin ne l'a jamais affirmée ; jusqu'à la fin de sa vie, il l'aurait considérée comme une simple *hypothèse*[7]. Les dénégations de E. Lewalter sont encore plus nettes. Augustin, explique-t-il, ne connaît que deux possibilités après la mort : le salut ou la damnation[8].

**

L'affrontement de ces opinions contradictoires au sujet d'un auteur dont le témoignage est de grande conséquence nous amène à penser que la question mérite un nouvel examen. Mais pour être mené à bien, un tel propos exige qu'on se dégage des préoccupations polémiques et des conceptions actuelles, en essayant de respecter la teneur, l'originalité, et quelquefois la discrétion de la pensée augustinienne.

L'autre condition pour dissiper les malentendus qu'on vient de signaler, c'est la définition préalable des termes employés, et en premier lieu, de la notion même de *purgatoire*.

D'après la théologie moderne, après la mort, les justes imparfaits sont envoyés au purgatoire pour l'*expiation* et la *purification* de leurs péchés véniels et de la dette pénale attachée à leurs péchés mortels déjà remis par la pénitence. A la fin du monde, disent les théologiens, le purga-

---

5. E. BERGIER, art. *Purgatoire*, dans *Dict. de théologie* (*sous la direction de l'abbé Le Noir*), X, 1876, p. 702, note 1.
6. N. HILL, *Die Eschatologie Gregors des Großen*, diss., Fribourg en Brisgau, 1942, p. 80, 82.
7. E. PICARD, art. *Purgatoire*, dans *Encyclopédie des sciences religieuses*, XI, 1881, p. 30 : « C'est saint Augustin qui émit le premier, comme une hypothèse, l'idée que cette purification pourrait bien avoir lieu, pour chaque fidèle, entre le moment de la mort et le jugement dernier. Cette hypothèse fut admise comme une réalité par Césaire d'Arles... »
8. E. LEWALTER, art. *Eschatologie und Weltgeschichte in der Gedankenwelt Augustins*, dans *Zeitschrift für Kirchengeschichte*, 53 (1934) 10 : « Eine Seele, die gelebt hat, ist entweder sancta geworden-dann tritt sie in die communio ein, sowie die Zeit gekommen ist ; oder sie ist terrena (carnalis) geblieben-dann ist sie dem Verdammungsurteil verfallen ». — Voir aussi *Ibid.*, p. 39.

toire sera aboli ; mais entretemps, les *suffrages* des vivants et l'intercession des saints peuvent déjà aider certaines âmes à sortir de leurs peines[9].

Dans le cadre de cet enseignement, l'expiation est entendue comme étant
la *peine médicinale* que les coupables eux-mêmes ont à subir après la
mort afin de réparer pleinement l'injure faite à Dieu par le péché[10].
La purification de l'âme est l'effet de cette expiation[11]. Les suffrages dési-
gnent alors toutes les bonnes œuvres des vivants — jeûnes, aumônes,
prières et messes — offertes à cette fin en souvenir des morts.

Cette doctrine qui nous est si familière aujourd'hui est en réalité le
terme d'une longue évolution historique. Et de ce point de vue, la théologie du purgatoire apparaît comme la synthèse finale de plusieurs éléments
assez divers, mais qui se sont stratifiés au cours des âges[12].

De cette intégration progressive il convient de relever au moins deux
illustrations. Tout d'abord, comme on vient de le dire, d'après la conception actuelle, le purgatoire a un double rôle à jouer : l'expiation des péchés
véniels et celle de la « peine » due aux péchés mortels dont la « coulpe »
fut remise ici-bas. Or historiquement les deux composantes ne sont pas
exactement de même origine. L'enseignement de l'expiation purificatrice
des péchés véniels s'est développé surtout à partir de la doctrine du feu
purificateur du jugement[13]. L'autre est d'origine plutôt pénitentielle.

---

9. E. BERGIER, art. *Purgatoire*, dans *Dict. de théologie (sous la direction de l'abbé
Le Noir)*, X, 1876, p. 696 ; K. RAHNER, art. *Fegfeuer*, dans *Lexikon für Theologie
und Kirche*, IV, 1960, 51-52 ; H. RONDET, *Le Purgatoire*, Paris, 1948.

10. J. RIVIÈRE, art. *Purgatoire*, dans *Dict. pratique des connaissances religieuses*,
V, 1927, 958-59.

11. L'*expiation* et la *purification* sont étroitement liées en Occident, parce que les
deux notions trouvent leur origine historique dans la doctrine du feu du jugement.
D'après les Pères latins, comme tout autre feu, ce dernier est censé *purifier* par la
brûlure de sa flamme. Cf. E. BERGIER, art. *Expiation*, dans *Dict. de théologie (sous
la direction de l'abbé Le Noir)*, V, 1874, p. 160. — C'est pourquoi ici « feu expiateur »
et « feu purificateur » seront employés l'un pour l'autre. Comme on parlera aussi
bien de « peine expiatrice », de « peine purificatrice » que « d'expiation purificatrice ».
— Remarquons toutefois que la *liturgie* latine connaît aussi la purification des âmes
par les *suffrages* des vivants et spécialement par l'offrande eucharistique : « His
sacrificiis quaesumus, omnipotens deus, purgata anima et spiritus famuli tui illius
episcopi ad indulgentiam et refrigerium sempiternum peruenire mereatur ». Cf.
Sacramentarium Gregorianum, édit. H. LIETZMANN, n. 224 ; « His, quaesumus, domine,
sacrificiis quibus purgationem et uiuentibus tribuis et defunctis... » Cf. *Sacramentarium Veronense*, édit. C. MOHLBERG, n. 1148.

12. Sur l'ensemble de la doctrine du purgatoire, outre les travaux que nous citons,
voir aussi HENSE, art. *Fegfeuer*, dans *Kirchenlexikon*, IV, 1886, 1284-1296 ; A.
D'ALÈS, *La question du purgatoire au concile de Florence en 1428*, dans *Gregorianum*,
3 (1922) 9-50 ; B. BARTMANN, *Das Fegefuer. Ein christliche Totsbuch*, Paderborn,
1930 ; J. NÉLIS, art. *Purgatoire*, dans *Dict. encyclopédique de la Bible*, 1960, 1529-
1530.

13. A. MICHEL, art. *Feu du purgatoire*, DTC, V, 1913, 2252 ; ID., art. *Purgatoire*,
DTC, XIII, 1936, 1189.

Mais cette seconde fonction n'étant apparue clairement qu'avec Bède le Vénérable, notre exposé n'aura point à l'envisager[14].

Enfin un autre rapprochement est celui qui s'est établi peu à peu entre la délivrance des peines expiatrices et les suffrages pour les morts. Là également, dans les documents historiques, on ne voit pas toujours la connexion que nous y mettons aujourd'hui[15]. En fait, comme pour d'autres points, il ne fait aucun doute que la signification des suffrages pour les morts a connu une certaine évolution dans l'Église. En ce qui concerne Augustin en particulier, même s'il en a enseigné la pratique, nous ne devrons donc pas aussitôt en déduire la doctrine de l'expiation purificatrice après la mort. Il nous faudra d'abord l'entendre lui-même sur le sens qu'il attribue à ce geste.

*
* *

L'état de la question et les principales notions ainsi déterminés, le problème à résoudre sera donc le suivant. Quelle est, dans l'évolution de la doctrine du purgatoire, la contribution exacte de l'évêque d'Hippone ? Est-il vrai, comme certains l'assurent, qu'Augustin enseigne clairement et fermement ce point ou au contraire ne l'enseigne-t-il pas du tout ? Et si, selon toute vraisemblance, il ignore en cette matière la doctrine actuelle, du moins peut-on en découvrir quelques éléments dans son œuvre[16] ?

Sans prétendre résoudre tous les problèmes, nous commencerons par une présentation littéraire et historique des textes à interpréter. Les deux

---

14. Dans une des nombreuses visions qu'il raconte, Bède le Vénérable décrit le sort qui attend dans l'autre monde les âmes qui n'ont pas accompli leur satisfaction pénale ici-bas : « Uallis illa, quam aspexisti flammis feruentibus et frigoribus horrenda rigidis, ipse est locus, in quo examinandae et castigandae sunt animae illorum, qui differentes confiteri et emendare scelera, quae fecerunt, in ipso tandem mortis articulo ad paenitentiam confugiunt, et sic de corpore exeunt ». Cf. VENERABILIS BAEDAE, *Opera historica. Historia ecclesiastica*, V, 12, édit. PLUMMER, Oxford, 1896, 1946, 1956, p. 308. — D'aucuns pensent que Cyprien avait déjà exprimé des idées analogues. C'est l'opinion qui est rapportée, avec toutes les nuances qui s'imposent, par P. JAY, art. *Saint Cyprien et la doctrine du purgatoire*, dans *Recherches de théologie ancienne et médiévale*, 27 (1960) 133-136.

15. Cf. J. MICHL, art. *Quid veteres christiani post mortem expectaverint*, dans *Verbum Domini*, 19 (1939) 358-365 ; Fr. PLAINE. art. *La piété pour les morts pendant les cinq premiers siècles de l'Église*, dans *Revue du clergé français*, sept.-nov. (1895) 365-76 ; E. VACANDARD, art. *La prière pour les trépassés dans les quatre premiers siècles*, dans *Revue du clergé français*, oct.-déc. (1907) 146-161.

16. Pour la période antérieure à saint Augustin J.J. Gavigan a senti également la nécessité de *distinguer*. Il dit qu'on y rencontre trois conceptions du purgatoire : euchologique, cathartique et juridique Cf. J.J. GAVIGAN, *Sancti Augustini doctrina de purgatorio, praesertim in opere « De civitate Dei »*, dans *La Ciudad de Dios*, 167-2 (1954) 283-296. — En fait, comme nous verrons, à cette époque on ne peut pas parler strictement de « purgatoire », on n'en possède encore ni le terme ni la synthèse doctrinale, mais seulement des éléments épars et en pleine évolution.

parties suivantes s'orienteront alors selon deux directions. L'une s'efforcera de cerner la pensée d'Augustin sur l'aide qu'il espère de la miséricorde divine et de la prière des vivants ; et l'autre étudiera l'expiation qu'il attend des trépassés eux-mêmes.

Cette articulation du sujet basée sur les contingences qui ont amorcé et développé l'enseignement de l'évêque d'Hippone nous permettra d'en dégager clairement les thèmes fondamentaux et de les saisir à la fois dans leur originalité propre et leurs implications réciproques. Grâce à toutes ces analyses nous serons à même de déterminer exactement, je crois, son apport original.

A. — PRÉSENTATION LITTÉRAIRE ET HISTORIQUE DES TEXTES ÉTUDIÉS.

De saint Augustin nous n'avons encore ni traité ni synthèse doctrinale sur ce que la postérité appellera le purgatoire, *purgatorium*[17]. Les lieux à partir desquels les théologiens vont élaborer leurs systèmes se trouvent éparpillés dans son œuvre, à travers laquelle on voit les thèmes naître, se poursuivre et s'entrecroiser selon le hasard des rencontres, sans toujours fusionner.

Mais en groupant les textes d'après leur contenu et leur situation on voit se dessiner les deux lignes de pensée que nous avons annoncées : les suffrages pour les morts et l'expiation des défunts eux-mêmes. Et en suivant à l'intérieur de chacune de ces deux directions l'ordre chronologique le plus probable les thèmes secondaires apparaissent progressivement.

En même temps aussi, la différence entre les deux séries de textes apparaît à maints égards. Et tout d'abord, quant au *vocabulaire*. Dans les *Confessions*, IX, 13, et dans les *Quaestiones Evangeliorum*, II, 38, c'est surtout le thème de la « rémission des péchés » qu'Augustin développe à l'occasion de la doctrine des suffrages pour les morts. Dans le *De natura et origine animae*, I-IV et dans l'*Enchiridion*, 110, à ce thème il va joindre l'idée d'une « damnatio » qu'en terme général on traduit par « condamnation ». Le *De civitate Dei*, XXI, parlera au chapitre 13 de « poenae temporariae » ou « peines provisoires » et au chapitre 24 de « poenae quas patiuntur spiritus mortuorum (ante resurrectionem) », ce que d'après l'en-

---

17. Cf. HILDEBERT du MANS, *In dedicatione ecclesiae. Serm.* 85, PL, 171, 741 : « Memoria mortuorum agitur, ut hi qui in purgatorio poliuntur, plenam consequantur absolutionem, vel poenae mitigationem » — Hildebert (1056-1133), né à Lavardin sur la Loire devint évêque du Mans en 1096 (d'où aussi l'appellation de Hildebert du Mans). Il est probablement le premier à employer le mot « purgatorium ». — Cf. A. MICHEL, art. *Purgatoire*, DTC, XIII, 1936, 1228. — Pour quelques indications biographiques, voir G. ALLEMANG, art. *Hildebert von Lavardin*, dans *Lexikon für Theologie und Kirche*, V, 1933, 28-29.

semble des textes, et en paraphrasant, on peut traduire par : « les peines dont souffrent certaines âmes après la mort, en attendant le jugement dernier qui prononcera définitivement leur condamnation ou leur acquittement »[18].

Malgré la différence de terminologie, dans ce contexte, « damnatio » et « poenae temporariae » s'identifient. Par contre, pour désigner l'expiation purificatrice qu'Augustin n'associe jamais aux suffrages pour les morts, il emploie les mots « poenae purgatoriae », « ignis purgatorius » ou « transitorius » et « peccatum expiatum » ou « purgatum ».

Une autre distinction significative est celle qu'on trouve dans la *finalité* même de la sanction imposée. Concrètement, la « condamnation provisoire » offre plus d'analogie avec une « damnation » qu'avec une « expiation purificatrice »[19]. En effet, dans les textes relatifs à la prière pour les morts la « condamnation provisoire » paraît purement vindicative et ne semble connoter aucune efficacité médicinale. C'est ce qu'on croit saisir, entre autres, dans le *De civitate Dei*, XXI, 13, 24 et 27 où il est affirmé que, sans aide après la mort, les âmes qui souffrent de ces « peines » risquent d'être damnées pour toujours au jugement dernier. Or au sujet des peines expiatrices jamais Augustin n'exprime de telles craintes. Il sait que ces peines sont purificatrices et qu'en fin de compte elles ne visent qu'à la restauration de l'âme. C'est pourquoi aussi il est *certain* de leur issue heureuse.

Il convient de noter en outre que la doctrine des suffrages pour les morts se place dans la perspective de l'eschatologie individuelle. C'est dire en d'autres mots qu'en ce domaine l'attention d'Augustin se porte

---

18. Pour des références plus détaillées, afin de ne pas allonger cette présentation, nous renvoyons le lecteur à nos analyses ultérieures où beaucoup d'affirmations seront largement justifiées. — Sur le sens des mots « temporarius », « temporalis » utilisés par Augustin, cf. A. BLAISE, *Dict. latin-français des auteurs chrétiens*, Paris, 1954 ; F.D. LENFANT, *Concordantiae augustinianae*, Paris, T.I, 1666 et T. II, 1665. — En tout cas, au *De civ. Dei*, XXI, 13, l'auteur confère aux deux termes une portée à la fois terrestre et eschatologique. D'autre part à ce dernier point de vue la collation des textes semble montrer qu'au chap. 13 Augustin emprunte la terminologie des origénistes et des « miséricordieux » qu'il rapporte au chap. 17 : « Longe autem aliter istorum misericordia humano errat affectu, qui hominum in iudicio damnatorum *miserias temporales*, omnium vero qui vel citius vel tardius liberantur, aeternam felicitatem putant ». Cf. *De civ. Dei*, XXI, 17, CSEL, 40-2, p. 549. — Malgré l'identité des termes, le sens n'est pas le même, car pour Augustin il s'agit de peines à subir *avant* le jugement dernier et dont l'issue est *incertaine*.

19. En rigueur de terme la notion de damnation est distincte de celle d'expiation. L'expiation a comme finalité la restauration de l'âme. La damnation par contre ne *répare* jamais rien, elle est un pur châtiment. Cela est vrai même ici où cette condamnation paraît provisoire, sa peine en effet n'est pas présentée comme une peine *salutaire* : « Peut-on parler d'expiation à propos de l'enfer ?... peut-être vaudrait-il mieux ne pas dire (qu'on y) expie ; en rigueur de vocabulaire, c'est une autre notion ». Cf. G. JACQUEMET, art. *Expiation*, dans *Catholicisme*, IV, 1956, 963.

avant tout sur l'*intérim* de temps entre la mort et la résurrection[20]. Dans l'expiation purificatrice au contraire l'auteur a comme centre d'intérêt majeur le feu du jugement qui purifiera certaines âmes à la fin des temps. Sa pensée se porte ici d'emblée vers l'eschatologie finale, et il parle presque toujours au futur.

Aussi n'est-il pas étonnant qu'il y ait ici absence d'*un lieu* de purification entre la mort et la résurrection[21], alors que dans la question des suffrages pour les morts Augustin quelquefois fait allusion à un lieu. En fin de compte, cependant, il convient de laisser ouverte la question de savoir si, à son avis, les âmes « récupérables » par la prière sont « temporairement » enfermées dans un même lieu de peines que celles déjà « damnées » à jamais aussitôt après la mort. Sur ce point, en effet, il importe de respecter la discrétion qu'il va manifester de plus en plus[22].

Toutefois, même abstraction faite du problème de localisation, il semble qu'il songe tout au moins à une « condamnation grave », mais qu'il considère comme « provisoire » ou « temporaire », avant qu'elle soit confirmée ou infirmée par la sentence du jugement dernier.

Pour comprendre ce point de vue nous devons nous représenter déjà la toile de fond sur laquelle évolue la pensée augustinienne au sujet des morts[23]. Comme les Pères antérieurs l'évêque d'Hippone continue à conférer la primauté à l'eschatologie finale, et à considérer l'eschatologie individuelle comme un élément provisoire et en partie réformable[24].

---

20. Sur la notion d'*intérim*, outre les travaux cités à la note 113, voir aussi Fr. CHATILLON, art. *Hic, ibi, interim*, dans *Mélanges Marcel Viller (Revue d'ascétique et de mystique)*, 98-100 (1949) 194-199.

21. En termes d'ecclésiologie E. Lamirande affirme avec raison qu'Augustin ne mentionne pas d'Église « souffrante » dans le sens où nous parlons aujourd'hui d'une Église militante, souffrante et triomphante. Mais il croit devoir établir un rapport entre la doctrine augustinienne de la purification des âmes et celles des suffrages pour les morts. Cf. E. LAMIRANDE, *L'Église céleste selon saint Augustin (Études augustiniennes)*, Paris, 1963, p. 207-208.

22. Cette discrétion apparaît dans les formules de plus en plus larges qu'on rencontrera dans le *De cura pro mortuis*, I, 1, 2 ; l'*Enchirid.*, 110 ; et le *De civ. Dei*, XXI, 24.

23. Pour une reconstitution du climat eschatologique au temps d'Augustin, voir entre autres : A. LEHAUT, *L'éternité des peines de l'enfer dans saint Augustin*, Paris, 1912 ; G. VERBEKE, *L'évolution du pneuma, du stoïcisme à saint Augustin*, Paris et Louvain, 1945 ; J. HUBAUX, *Saint Augustin et la crise eschatologique de la fin du 4e siècle*, dans *Académie royale de Belgique, Bulletin de la classe des lettres*, 40 (1954) 658-73 ; T. CLARKE, *The eschatological transformation of the material world according to st. Augustine*, Rome, 1956 ; J. GUITTON, *Le temps et l'éternité chez Plotin et chez saint Augustin*, 3 édit., Paris, 1959. — Sur l'ensemble ou une partie importante de l'eschatologie augustinienne, cf. C. HARTMANN, *Der Tod in seiner Beziehung zum menschlichen Dasein bei Augustinus*, Giessen, 1932 ; H. EGER, *Die Eschatologie Augustins*, Greifswald, 1933.

24. E. PORTALIÉ, art. *Augustin (saint)* DTC, I, 1902, 2444-2447. — Il est entendu qu'on ne prétend pas nier la doctrine du jugement particulier chez saint Augustin. Il s'agit seulement de préciser les conditions qui le rendent irréformable ou non aux yeux de l'auteur. — De plus, même dans les cas où le jugement particulier est irré-

Certes pour les « criminels » et les saints martyrs l'auteur professe clairement qu'aussitôt après la mort leur sort est essentiellement fixé pour
toujours : les uns dans les tourments et les autres dans le repos et le
bonheur[25]. Mais pour les chrétiens « pécheurs » dont les fautes ne sont
pas allées jusqu'au « crime » il en va tout autrement. Leur condition ne
paraît pas aussi ferme ni aussi nette. Et avant le jugement dernier[26],
Augustin a le sentiment que pour ces âmes le drame du salut se joue encore
même après la mort[27]. Les suffrages seraient offerts justement afin que
leur situation tourne dans un sens favorable.

Plus délicate est la question de la *gravité* des péchés envisagés. Une
des principales difficultés ici, c'est le manque de terminologie technique
fixe dans la théologie augustinienne du péché. La langue de l'auteur varie
au gré des circonstances auxquelles il est affronté. Sans vouloir nous
engager dans toutes les discussions qui divisent les commentateurs[28],
en eschatologie nous avons reconnu chez Augustin au moins trois attitu-
des face au péché.

De toute manière, d'après lui, comme on l'a dit, les saints martyrs
sont absolument hors de cause ici[29], puisqu'ils ont combattu le péché
jusqu'au sang[30]. C'est donc à eux plutôt d'intercéder pour nous.

Tout à l'opposé de ces héros, Augustin range d'abord les chrétiens qui
sont morts dans le « crime », c'est-à-dire, dans les péchés considérés
alors comme d'une extrême gravité. Tels sont l'adultère, la fornication, le
meurtre, le schisme, l'hérésie, l'apostasie, etc.[31]. Aux endroits que nous
avons étudiés ces péchés sont appelés tour à tour : « crimina, facinora,
flagitia, scelera, etc. ». L'évêque d'Hippone estime qu'après la mort
comme au jugement dernier, les « criminels » impénitents seront envelop-
pés dans la même réprobation que les « impies » ou « infidèles »[32].

---

vocable Augustin considère qu'en attendant le jugement final les tourments des
uns et le bonheur des autres ont un caractère partiel et inchoatif. Cf. E. LAMIRANDE,
L'Église céleste selon saint Augustin (*Études augustiniennes*), Paris, 1963, p. 195-201.
    25. E. PORTALIÉ, art. *Augustin (saint)*, DTC, I, 1902, 2445.
    26. Après le jugement dernier la situation de *tous* deviendra irréformable : « C'est
donc bien à la sentence du jugement dernier que saint Augustin suspend toute son
argumentation », souligne à bon droit A. LEHAUT, *L'éternité des peines de l'enfer
dans saint Augustin*, Paris, 1912, p. 59.
    27. Augustin fait bien la différence entre ce temps-ci où la délivrance de certains
morts reste encore possible et la période qui suivra le jugement, période à laquelle
les damnés deviendront à jamais irrécupérables : « Verum ista liberatio, quae fit
siue suis quibusque orationibus siue intercedentibus sanctis, id agit ut in ignem
quisque non mittatur aeternum, non ut, cum fuerit missus, post quantumcumque
inde tempus eruatur ». Cf. *De civ. Dei*, XXI, 27, 6, CSEL, 40-2, p. 580.
    28. M. HUFTIER, *Péché mortel et péché véniel*, dans *Théologie du péché* (*Biblio-
thèque de théologie*, s. 2, 7), Tournai, 1960, p. 382-391.
    29. Augustin dit quelquefois qu'en parlant des martyrs il vise aussi les autres
bienheureux. Cf. *De civ. Dei*, XX, 9, 2, CSEL, 40-2, p. 453.
    30. *Serm.* 159, 1, PL, 38, 868.
    31. Cf. *De civ. Dei*, XXI, 24 ; *De fide et oper.*, I et XV, 25 ; *Enchirid.*, 67-77.
    32. *De civ. Dei*, XXI, 24, CSEL, 40-2, p. 559 : « Infidelibus impiisque ».

Entre le « crime » et le péché « léger » Augustin insère une autre sorte de péchés « graves » mais dont la gravité n'atteint point celle du « crime ». Faute de vocabulaire augustinien certains historiens ont proposé de les appeler des « péché intermédiaires »[33]. Disons déjà que ces péchés sont pratiquement les seuls à retenir l'attention de l'auteur quant à la rémission des péchés après la mort et quant au feu purificateur du jugement. Mais, craignant sans doute que sa pensée ne soit exploitée par les laxistes « miséricordieux », Augustin refuse de préciser la nature et le catalogue de ces péchés « intermédiaires »[34]. A partir de 421-22, aux chrétiens coupables de telles fautes il va donner comme note de vie « nec tam bona, nec tam mala ». Et eux-mêmes seront jugés par lui « neque valde mali, neque valde boni ».

Dans cette étude, aux chrétiens coupables de ces défaillances on donnera de préférence le nom de « pécheurs » au sens technique utilisé par les écrivains ecclésiastiques de la première moitié du 4e siècle, tels que Lactance, Hilaire de Poitiers et Zénon de Vérone. En effet, tout en n'ayant pas comme eux la même rigueur dans les termes, Augustin reprend en partie leur théologie des « pécheurs ». Chez eux comme chez lui on voit qu'il existe un certain état de péché qui place les coupables dans une condition ambivalente après la mort et dont l'issue, au jugement dernier, sera le salut ou la condamnation définitive[35].

La troisième classe de péchés est celle des péchés « légers » ou « menus » ou « quotidiens », etc., qu'on nomme successivement ici : « peccata leuia, minuta, minutissima, minora, minima, modica, parua, breuia, quotidiana »[36]. Sur ce chapitre Augustin ne manifeste pratiquement aucune anxiété. Et bien qu'elles soient nettement désapprouvées, ces fautes, d'après lui, ne mettent pas directement le salut en péril. En général d'ailleurs Augustin ne s'arrête presque jamais à leur sanction eschatologique.

Après les caractéristiques générales, il est maintenant nécessaire de situer brièvement l'évolution littéraire et historique de chacun des deux

---

33. E.F. DURKIN, *The theological distinction of sins in the writings of st. Augustine*, Mundelein (Illinois, U.S.A.), 1952, p. 38.

34. *De civ. Dei*, XXI, 27, 5, CSEL, 40-2, p. 581.

35. LACTANCE, *Divin. Instit.*, VII, 20-21 ; HILAIRE, *In Ps.* 1, 2-8 ; 16-18. A l'*Enarr. in Ps.* 1, Augustin propose également la division tripartite du genre humain au jugement dernier : les « impies », les pécheurs » et les « justes ». Comme eux il assure qu'à la fin du monde, le sort des « impies » et des « justes » étant clair, les « pécheurs » seront seuls examinés. L'issue de cette épreuve sera le bonheur ou le malheur éternel. Au *Ps.* 103, *serm.* 3, 5, il fait à peu près les mêmes distinctions en d'autres termes.

36. Voir *Enarr. in Ps.* 129, 5. — Autant que possible nous éviterons d'employer les termes « péché véniel » et « péché mortel » pour ne pas trop rappeler les catégories modernes qui ne rendent pas entièrement compte de la pensée de l'auteur dans le cadre de cette étude.

aspects considérés, et en tout premier lieu, celle de la doctrine des suffrages pour les morts. Dans cette ligne, les thèmes qui se dégageront au cours de notre étude sont : la rémission des péchés et les « peines temporaires » ou « condamnation provisoire »[37].

Sur la *rémission des péchés* le passage qui retiendra tout d'abord notre attention est la célèbre prière qu'Augustin formule pour sa mère Monique dans les *Confessions* au livre IX, 13 (397-98). Cet endroit est certainement un des plus révélateurs de ses convictions premières, puisqu'il y parle encore en dehors de toute polémique.

Vers la même époque, dans les *Quaestiones Evangeliorum*, II, 38 (399), c'est la parabole du mauvais riche et du pauvre Lazare qui lui fournit l'occasion d'aborder le même thème. Il en va de même dans les *Sermons* 172 et 173 qui sont de date inconnue et que nous plaçons ici pour des raisons d'affinité doctrinale.

Cependant, pour un examen approfondi de la situation historique à laquelle Augustin fut confronté, l'effort devrait porter sur les années suivantes et singulièrement sur la décade allant de 410 à 420 environ. Ces années paraissent en effet avoir joué un rôle décisif dans l'évolution que nous allons étudier. A cette époque également Augustin semble avoir noué des contacts assez étroits avec l'Espagne où les récits et les spéculations foisonnent alors sur l'au-delà[38]. Lui-même, il nous découvre le climat psychologique des Églises de son temps : à l'entendre, divers apocryphes alimentent en ce moment la curiosité du peuple[39].

Devant cet état d'esprit Augustin rejette, concède ou adopte le point de vue des autres, suivant chaque fois la règle de ce qu'il croit être la vérité et la modération.

Ces remarques vaudront spécialement pour les années où il aborde la question des « peines temporaires ». A ce sujet on verra d'abord deux exemples de libération qui passionnent en ce moment une fraction de l'opinion : celle de certains damnés que le Christ lui-même aurait élargis à sa descente aux enfers et celle du petit Dinocrate qui fut sauvé par la prière de sa sœur sainte Perpétue. Bien que ces événements soient uniques et particuliers, l'interprétation qu'en donne Augustin est intéressante, parce qu'il a tendance à les considérer comme des exemples-types[40].

A notre connaissance, c'est vers 414 qu'il aborde à fond le cas des premiers dans le *De Genesi ad litteram*, XII, 33 (401-414). Il le fait ensuite

---

37. Pour la datation des ouvrages généraux nous nous sommes référé à E. PORTALIÉ, art. *Augustin (saint)*, DTC, I, 1902, 2286-2305 et à H.I. MARROU-A.M. LA BONNARDIÈRE, *Saint Augustin et l'augustinisme (Maîtres spirituels)*, Paris, 1956, p. 183-186. Pour les autres écrits il faut se reporter aux études spécialisées.
38. M. SCHMAUS, *Katholische Dogmatik*, vol. IV, Munich, 1959, p. 466.
39. *De civ. Dei*, XV, 23, CSEL, 40-2, p. 114.
40. Voir EVODIUS, *Epist. ad Augustinum*, 163, CSEL, 44, p. 521 et la réponse d'AUGUSTIN, *Epist. ad Evodium*, 164, 12 et 16, CSEL, 44, p. 532-533 et 535-36.

dans l'*Epistola ad Dardanum*, 187, 6, en 417[41]. Et environ deux ans plus tard, dans le *De natura et origine animae*, I.IV (419), il doit se prononcer sur le cas historique du petit Dinocrate.

Après cette période on constate qu'il ne s'agit plus uniquement de cas singuliers. Même sur le plan général de la doctrine des suffrages pour les morts une étape importante est franchie. A partir de 421, l'adjonction du thème des « peines temporaires » à celui de la rémission des péchés devient courante. Cette façon de voir, Augustin va l'appliquer en abordant ex professo le problème de l'efficacité des suffrages pour les morts, dans le *De cura pro mortuis*, I, 1-2 (421), l'*Enchiridion*, 110 (421-22) et le *De octo Dulcitii quaestionibus*, II, (423).

Dans le *De civitate Dei*, XXI, (426-27) qui est de la même époque, ses conceptions ne sont pas essentiellement différentes. En fait, dans ce livre, ses prises de position ne feront que déployer ses conclusions antérieures.

Enfin dans l'*Enchiridion*, 110, en rapport avec les « peines temporaires » on rencontre aussi la théorie de la *mitigation des peines* dans l'autre vie. M. Schmaus indique ici l'influence possible des docteurs espagnols et de l'*Apocalypse de Paul*[42]. En effet, pour ne signaler que le point qui nous intéresse, d'après cet apocryphe, du samedi soir au lundi matin les damnés jouissent d'un soulagement et quelquefois d'une interruption de leurs peines, grâce à l'intercession des saints et aux suffrages des vivants[43].

---

41. Comme interprétations exégétiques récentes sur la prédication du Christ aux esprits révoltés lors du déluge, voir la thèse de W.J. DALTON, *Christ's proclamation to the spirits. A study of 1 Petr.* 3, 18-4, 6 (*Analecta Biblica*, n. 23), Rome, 1965. — Le résumé publié auparavant s'intitule : *Proclamatio Christi, spiritibus facta. Inquisitio in textum ex prima epistola S. Petri* 3, 18-4, dans *Verbum Domini*, 42 (1964) 225-240.

42. M. SCHMAUS, *Katholische Dogmatik*, vol. IV, Munich, 1959, p. 466. — Cet écrit est une description longue et détaillée du paradis et de l'enfer d'après la vision qu'en aurait eu l'apôtre Paul dans son ravissement jusqu'au troisième ciel. — Autour des années 240-250 Origène mentionne un ouvrage d'un titre semblable, mais qui n'est pas parvenu jusqu'à nous. Le texte grec que nous possédons actuellement est un remaniement paru entre 380-388. Cf. édit. C. TISCHENDORF, *Apocalypses apocryphae*, Leipzig, 1866, p. 34-69. Le latin connaît une recension longue et 12 recensions brèves. Cf. édit. M.R. JAMES, *Apocrypha anecdota*, dans *Texts and Studies*, vol. II, 3, Cambridge, 1893 ; T. SILVESTREIN, *The vision of saint Paul. New links and Patterns in western tradition*, dans *Archiv. d'hist. doctrinale et littér. du Moyen Age*, 34 (1959) 199-248. Il existe également des versions syriaques et copte. Une version allemande a été faite récemment par : H. DUENSING, *Apocalypse des Paulus*, dans HENNECKE-SCHNEEMELCHER, *Neutestamentliche Apokryphen. II. Apostoliche Apokalypsen und Verwandtes*, 3 édit., Tubingue, 1964. — Vers 415 Augustin traite encore cet écrit avec un mépris assez marqué. Cf. *In Johann. tract.* 98, 8, CCL, 36, p. 581. Mais à partir de 421 son attitude s'assouplit ; il considère déjà la théorie de la mitigation et de la diversité des peines de l'enfer enseignée par ce livre comme un sujet de libre discussion. Cf. *Enchirid.*, 110 et 112, *Biblioth. Augustin.*, 9, 302-5 et 306-311 ; *De civ. Dei*, XXI, 24, CSEL, 40-2, p. 560-61. — En 402 environ on trouve à peu près les mêmes idées chez PRUDENCE, *Cathemerinon*, v. 125, CSEL, 61, 30.

43. Cf. trad. H. DUENSING, p. 550, 554, 560-61.

*_**

La dernière partie de notre exposé sera consacrée au thème du feu purificateur. A la différence de la doctrine des suffrages pour les morts, dans la théorie du feu purificateur on nous présente les âmes comme livrées à elles-mêmes. En revanche, l'évêque d'Hippone est *sûr* que leur souffrance ne sera que passagère.

Voici, sur cette doctrine, les citations scripturaires à noter chez l'auteur : *Genes.*, 15, 9-17 ; *Mal.*, 3,3 ; *Is.* 4, 4. Mais de tous les passages bibliques, le plus fréquent et le plus débattu sera assurément 1 *Cor.* 3, 10-15. En classant dans l'ordre chronologique les commentaires sur cette péricope, on voit aussitôt apparaître deux périodes assez marquées dans l'évolution doctrinale d'Augustin : dans la première qui finit en 413 il n'est pas encore préoccupé de la réfutation des « miséricordieux », tandis que dans l'autre qui va jusqu'à 426 environ il est déjà dans un état d'esprit polémique.

Dans la première série de témoignages il faut compter principalement : le *Sermon* 50, 6, 9 (394), les *Quaestiones Evangeliorum*, 1, 15 (399), le *De Genesi contra Manichaeos*, XX, 30 (398), les *Adnotationes in Job*, 38, 31-32 (399), le *Contra litteras Petiliani*, II, 32, 72 (402-404), l'*Enarratio in Ps.* 127, 7 (407). Sans nous prononcer sur le problème de leur datation, à cause de leur contenu, nous avons rattaché à ce groupe les *Enarrationes in Ps.* 1, 5 ; *in Ps.* 6, 3 ; *in Ps.* 37, 3 ; *in Ps.* 103, *serm.* 3, 5. Pour la même raison nous analysons ici aussi le *Sermon* 362, 8-10. Tous ces lieux situent le feu purificateur à la fin des temps et ne font aucune allusion claire aux « miséricordieux ».

A partir de 413, année de la parution du *De fide et operibus*, jusqu'en 426 environ, Augustin préfère entendre le feu purificateur dans le sens métaphorique des tribulations terrestres, cette signification étant celle qui semblait donner le moins de prise aux « miséricordieux »[44]. C'est ce qu'il fait dans le *De fide et operibus*, XVI, 27 (413), les *Quaestiones in Heptateuchum*, VI, 9, 3 (419-20), l'*Enarratio in Ps.* 118, *serm.* 25, 3 (après 420), l'*Enchiridion*, I, (421) et le *De civitate Dei*, XXI, 26 (426-27). L'*Enarratio in Ps.* 80, 20-21, qu'on situe quelquefois après 413, voit aussi dans 1 *Cor.* 3, 10-15, le feu des tribulations terrestres. En même temps, dans le *De fide et operibus* XVI, 29 (413), l'*Enchiridion*, 69 (421) et le *De civitate Dei*, XXI, 26 (426-27), Augustin examine avec ses adversaires l'hypothèse d'un feu qu'on situerait entre la mort et la résurrection. Étant donné son importance, cette hypothèse sera étudiée à part.

---

44. Bien qu'il soit de cette époque (417), le *De gestis Pelagii*, 9 fait exception, parce qu'il se rattache à une autre controverse et rapporte en partie le point de vue de Pélage. Voir aussi l'exégèse de ce dernier sur 1 *Cor.* 3, 10-15 dans J. GNILKA, *Ist Kor.* 3, 10-15 *ein Schriftzeugnis für das Fegfeuer ? Eine exegetisch-historische Untersuchung*, Düsseldorf, 1955, p. 59-61.

Comme on le voit, à compter de 412-413, pour comprendre les orientations nouvelles de l'évêque d'Hippone dans la doctrine du feu purificateur, il faut avoir une idée suffisante des courants origénistes et laxistes qu'il a combattus à partir de ce moment, c'est-à-dire, des erreurs « miséricordieuses » notamment.

Les « miséricordieux » ont été appelés de ce nom à cause de leur pitié pour les damnés[41]. Par « miséricorde » pour eux, ils voulaient nier l'éternité de l'enfer et enseignaient le salut final de *tous* même du diable et des impies, ou du moins celui de tous les chrétiens, même « criminels »[46]. Ils affirmaient que ces chrétiens seront sauvés finalement, dussent-ils se purifier par le feu, même des siècles et des siècles après le jugement dernier[47].

Dans la discussion entre Augustin et les « miséricordieux » il faut donc bien voir l'enjeu du débat. Celui-ci ne porte pas sur la *nature*, réelle ou métaphorique, du feu purificateur, si important que puisse être actuellement ce dernier point pour la datation des textes. Face aux théories passées ou présentes, ce qui dictera les options et les refus de l'auteur, c'est plutôt la *gravité des péchés* à purifier dans l'autre vie ainsi que *le moment* de cette purification par rapport au jugement dernier.

Quant aux « miséricordieux », ceux du moins qu'Augustin a connus et combattus, dans leurs théories sur le feu purificateur ils étaient poussés à l'exagération par des facteurs d'ordre tant eschatologique et moral que psychologique et dogmatique. A cause de son influence déterminante sur l'évolution qu'on va voir, nous devons un moment essayer de circonscrire ce courant tel qu'il est apparu tout au long de notre étude.

Sur le plan eschatologique, d'après le témoignage d'Orose et d'Augustin, on doit bien admettre, semble-t-il, que le courant origéniste a été au moins un stimulant pour les « miséricordieux » dans leur tendance à affirmer le salut du plus grand nombre possible par le feu purificateur du jugement.

Cette dépendance au moins partielle ressort principalement des autorités bibliques auxquelles les « miséricordieux » recourent spontanément, ainsi que de l'exégèse et des considérations qu'ils développent à cette occasion.

Depuis 413 jusqu'en 426 en effet les textes bibliques ici en discussion sont ceux-là même qu'Origène et les origénistes avaient déjà mis en vogue. Et c'est en tenant compte de cette ambiance qu'Augustin fait intervenir, au sujet de l'éternité de l'enfer, les citations d'*Is*. 66, 24, de *Matth*. 25, 41 et leurs parallèles, tant dans l'*Ad Orosum*, V, 5 contre les origénistes que

---

45. Cf. *De civ. Dei*, XXI, 17-27, CSEL, 40-2, p. 548-581 ; *Biblioth. augustin.*, 37, p. 448-519 et la note complémentaire 45 : *Les miséricordieux*, p. 806-809.
46. A. LEHAUT, *L'éternité des peines de l'enfer dans saint Augustin*, Paris, 1912, p. 35-40.
47. OROSE, *Commonitorium*, PL, 31, 1215.

dans le *De civitate Dei*, XXI, 23 contre les « miséricordieux »[48]. Le climat créé par Origène et ses disciples apparaît également dans l'appel constant que les « miséricordieux » font, en ce moment, à 1 *Cor.* 3, 10-15.

En un mot, il est certes difficile de dire s'ils ont connu directement les œuvres d'Origène, mais on voit qu'ils ont subi au moins indirectement l'influence de ses idées.

Quant à Augustin lui-même il paraît avoir connu les théories d'Origène surtout par la controverse entre Jérôme et Rufin vers 397 et par la consultation d'Orose en 414. Une dizaine d'années plus tard, il a certainement lu au moins la traduction des *Homélies sur la Genèse* et très probablement celle du *De principiis*[49].

D'après la plupart des faits il semble que la controverse origéniste en Espagne ait été pour beaucoup dans sa décision de s'engager personnellement dans la lutte et de réagir fermement contre les influences nouvelles en eschatologie.

Et d'après le prêtre espagnol Orose, les querelles origénistes auraient été allumées dans ce pays par l'arrivée des œuvres du grand docteur alexandrin apportées de l'Orient par un certain Avitus revenu de Jérusalem.

C'est probablement autour de 412-413, ou même avant, qu'Augustin fut appelé à combattre les idées origénistes, puisque, dès sa première offensive en 413, dans le *De fide et operibus*, XV, 24 on trouve déjà chez les « miséricordieux » une certaine influence de ces idées dans leur exégèse de 1 *Cor*, 3, 11-15. De plus, en 414, dans son Mémoire à Augustin, Orose rappelle d'abord que deux évêques de sa patrie, Paul et Eutrope, ont déjà attiré auparavant l'attention de leur collègue d'Hippone sur les erreurs qui agitent leur pays en ce moment. Orose ajoute qu'il écrit à son tour pour un complément d'information. Il donne alors un condensé des erreurs priscillianistes et origénistes, telles qu'elles se répandaient dans la péninsule, signalant parmi celles d'Origène, surtout les théories sur la nature et l'éternité de l'enfer et sur l'apocatastase[50].

Et de fait, aussitôt après, en 415, Augustin publie une brève réfutation de ces erreurs, telles que le schéma d'Orose les avait proposées[51]. Peu après, dans une lettre à Evode, nous apprenons d'Augustin lui-même qu'il

---

48. Pour *Is.* 66, 24 : « Vermis eorum non morietur et ignis eorum non extinguetur » les parallèles qui interviennent dans les discussions sont : *Marc*, 9, 45 « vermis eorum non moritur et ignis non extinguitur » et *Apoc.* 20, 10 : « cruciabuntur die ac nocte in saecula saeculorum » ; et pour *Math.*, 25, 41 : « Discedite a me, maledicti, in ignem aeternum », c'est *Matth.* 25, 46 : « Et ibunt hi in supplicium aeternum » (Citations d'après la Vulgate).

49. P. COURCELLE, *Les lettres grecques en Occident, de Macrobe à Cassiodore*, Paris, 2 édit., 1948, p. 185-187.

50. OROSE, *Commonitorium*, PL, 31, 1211-1216.

51. *Ad Orosium, contra Priscillianistas et Origenistas*, 8, 10, PL, 42, 672.

vient d'écrire contre les idées dénoncées par le jeune prêtre[52]. Et enfin, dix ans plus tard, dans sa discussion contre les « miséricordieux », Augustin reprend personnellement le compendium d'Orose[53].

Mais celui-ci ajoutait une précision. En Espagne, la doctrine du salut du diable n'a pas pu s'imposer, sous la pression de l'opinion publique elle fut vite abandonnée[54]. En revanche, sur le salut final de tous les chrétiens, même « criminels », les origénistes et les « miséricordieux » vont demeurer fermes durant toute la controverse.

D'autre part au point de vue moral, il ne semble faire aucun doute que le courant « miséricordieux » ait été favorisé également, en ce moment, par un certain laxisme ambiant. En effet, on a l'impression que l'évêque d'Hippone est aux prises avec un milieu où l'envahissement de la loi du moindre effort devient inquiétant[55]. On s'accroche à tout pour faire son salut à bon compte : à l'aumône, à la prière des vivants, à l'intercession des saints, etc. Et en tout cela, sans intention de changer vraiment de vie[56]. Enregistrant ce laxisme autour d'eux les « miséricordieux » semblent s'être assigné la tâche de promouvoir une eschatologie de même tendance. Dès le début de sa lutte en effet Augustin laisse entendre clairement qu'une des raisons de sa réaction, c'est le concubinage que ses adversaires entendent favoriser dans l'Église[57]. Sur ce point, chaque fois qu'il en aura l'occasion, le saint évêque réaffirmera son opposition.

Rien ne montre, néanmoins, que les docteurs « miséricordieux » aient préconisé leur dangereuse eschatologie en raison d'un relâchement personnel. Nulle part l'auteur ne lance contre eux cette accusation. Par leurs théories, il semble que c'est plutôt les autres qu'ils veulent sauver et rassurer. A ce point de vue, Augustin relève plus d'une fois que ces gens sont égarés par leurs sentiments et leur pitié déplacés[58].

La raison théologique générale avancée par eux pour sauver toutes les créatures était conforme d'ailleurs à leur tempérament. Dieu est trop miséricordieux, disaient-ils, pour que les damnés soient abandonnés à jamais au supplice de l'enfer. La raison théologique particulière qui les encourage à maintenir en tout cas le salut des baptisés, c'est leur confiance inébranlable dans la valeur salvifique de la foi chrétienne. Bien que sur l'orthodoxie de cette foi, chacun se montre plus ou moins exigeant d'après ses tendances personnelles[59].

---

52. *Epist. ad Evodium*, 169, CSEL, 44, p. 621.
53. *De civ. Dei*, XXI, 17, CSEL, 40-2, p. 548-49.
54. *Ibid.* ; OROSE, *Commonitorium*, PL, 31, 1215.
55. *De fide et oper.*, I-XVI, CSEL, 41, p. 36-38.
56. *Serm.* 71, *de verbis Evangel. Matth.* 12, 32, PL, 38, 455.
57. Voir note 55.
58. *De fide et oper.*, VIII-XVI, CSEL, 41, p. 48-74 ; *Enchirid.*, 68-69, *Biblioth. augustin.*, 9, p. 222-29 ; *De civ. Dei*, XXI, 17, CSEL, 40-2, p. 548-49.
59. Les uns entendaient sauver tous les baptisés, catholiques et hérétiques. Les aurres étendaient le bienfait du salut à tous ceux qui recevaient le baptême dans l'Église catholique, même s'ils tombaient ensuite dans le crime de l'idôlatrie et

D'ailleurs, cette efficacité du « fondement » qu'est la foi est une idée communément reçue à cette époque. En effet, beaucoup de Pères du 4e siècle estiment en général que le fait d'avoir cru au Christ doit être utile au salut. Autrement, disaient-ils, où serait la différence entre le croyant et l'incroyant ? Toutefois cette idée est allée en se durcissant. Dans la première moitié du siècle, avant la vogue irrésistible d'Origène dans certains milieux occidentaux, tout en prônant le salut des chrétiens « pécheurs », Lactance, Hilaire de Poitiers et Zénon de Vérone le considèrent encore comme incertain. Ils se demandent en effet si dans la balance du jugement les fautes de ces chrétiens ne l'emporteront pas sur leurs bonnes actions[60].

Avec saint Jérôme, saint Ambroise et l'Ambrosiaster qui ont subi fortement l'influence origéniste la situation change. Pour eux le salut des chrétiens « pécheurs » ne fait aucun doute, et ils n'écartent pas résolument celui des chrétiens « criminels ». Sans enseigner ouvertement le salut de ces derniers, ils aiment affirmer, en général, que les chrétiens seront sauvés par leur foi. Ils seront amendés par le feu purificateur, dussent-ils y rester même des siècles et des siècles après le jugement dernier. C'est à ce point de vue repris sans nuance par les « miséricorieux » qu'Augustin va s'opposer durement[61].

*
* *

On ne doit pas croire cependant que par rapport à Origène l'attitude d'Augustin ait été purement de refus. Durant sa polémique antiorigéniste, pour saisir pleinement sa propre doctrine du feu purificateur, c'est à Origène lui-même qu'on doit pouvoir remonter.

En effet, sur ce point, comme en beaucoup d'autres, l'apport de ce penseur a été fondamental[62]. G. Anrich et J. Gnilka l'ont bien montré[63].

---

dans l'hérésie. D'autres enfin demandaient en plus la persévérance dans la foi catholique, car, assuraient-ils, quelle que soit leur vie, selon 1 *Cor*. 3, 10-15, ces chrétiens gardent par là le Christ comme « fondement » de leur foi et de leur salut. C'est pourquoi « ils seront sauvés comme à travers le feu ». — Voir le dernier exposé général de leurs idées, dans le *De civ. Dei*, XXI, 17-27, CSEL, 40-2, p. 548-581.

60. Voir note 35.

61. Jérôme, Ambroise et l'Ambrosiaster ont professé également les théories des « miséricordieux ». Mais rien ne montre qu'Augustin les vise en particulier.

62. Sur le prestige et l'influence d'Origène en Orient comme en Occident, cf. TIXERONT, *Histoire des dogmes*, T.I., Paris, 1909, p. 278, 306. — En Occident en particulier, dès avant la première controverse origéniste (375-400), en Gaule, saint Hilaire (315-367) traduit le commentaire d'Origène sur *Job* et les *Psaumes* ; en Italie, à partir de 380, dans ses commentaires bibliques, saint Ambroise épouse les idées d'Origène, pendant que saint Jérôme en traduit les homélies ; et en 397, Rufin, par sa traduction du *De principiis*, fait connaître aux latins l'éclat et la hardiesse de la pensée origénienne. Cf. G. BARDY, art. *Origène*, DTC, XI-2, 1932, 1495.

63. G. ANRICH, *Clemens und Origenes als Begründer der Lehre vom Fegfeuer*, Tubingue et Leipzig, 1902 ; J. GNILKA, *Ist 1 Kor.* 10-15 *ein Schriftzeugnis für das Fegfeuer ? Eine exegetisch-historische Untersuchung*, Düsseldorf, 1955, p. 20-25.

Ainsi, faisant appel à la philosophie platonicienne et à la théorie stoï-cienne de l'Ekpyrosis ou conflagration du *monde*[64], l'illustre Alexandrin a formulé le premier la doctrine de la purification des *âmes* par le feu du jugement, en s'appuyant en même temps sur l'autorité de 1 *Cor.* 3, 10-15, *Mal.* 3, 3 et *Is.* 4, 4[65].

Mais dans ses citations son texte préféré est certainement 1 *Cor.* 3, 10-15. Chez lui, J. Gnilka n'en compte pas moins de trente commentaires expli-cites[66]. Et cela, dans les sens les plus divers : il signifie tantôt la tribula-tion terrestre, tantôt le feu de l'enfer, tantôt le feu du jugement. A son tour ce dernier se présente avec les caractères les plus variés : parfois il est uniquement probatoire, expiateur ou purificateur, parfois il est tout cela à la fois. Ce qui n'en facilite pas toujours l'intelligence[67]. Augus-tin reprendra certains aspects de cet enseignement, mais en les débarras-sant de toute référence philosophique.

---

64. Génie universel, pétri à la fois d'Écriture sainte et de philosophie, préoccupé de l'harmonie entre la foi et l'intelligence, instinctivement Origène essaye toujours de les étayer l'une par l'autre. Dans la question qui nous occupe le point de départ de sa démarche est avant tout apologétique et philosophique. Mais par une espèce d'exégèse accomodatice il arrive à y rattacher les textes bibliques. En général d'ailleurs, dans son exégèse biblique, Origène préfère l'interprétation allégorique, parce qu'elle lui facilite la manipulation des textes. Cf. G. BARDY, art. *Origène*, DTC, XI-2, 1932, 1505.

65. Voici ces péricopes telles que les Pères latins et Augustin en particulier vont souvent les citer : « Si quis superaedificat super fundamentum hoc, aurum, argentum, lapides pretiosos, ligna, fenum, stipulam, uniuscuiusque opus, quale sit, ignis pro-babit. Si cuius opus arserit, detrimentum patietur : ipse autem salvus erit : sic tamen quasi per ignem » (1 *Cor.* 3, 12-15) ; — « Et sedebit conflans et emundabit sicut argentum et sicut aurum et emundabit filios Leui et fundet eos sicut aurum et argen-tum » (*Mal.* 3, 3) ; — « Lauabit Dominus sordes filiorum et filiarum Sion, et sangui-nem emundabit de medio eorum spiritu iudicii et spiritu combustionis » (*Is.* 4, 4).

66. J. GNILKA, *Ist 1 Kor, 3, 10-15 ein Schriftzeugnis für das Fegfeuer ? Eine exege-tisch-historische Untersuchung*, Düsseldorf, 1955, p. 20.

67. On fait observer que ce feu se situe à la fin des temps et que, d'après saint Paul, il est certainement illuminateur, probatoire et destructeur. Mais Origène serait le premier, sous l'influence platonicienne et stoïcienne, à le considérer comme un feu guérisseur et purificateur. De 1 *Cor.* 3, 15 on donne même parfois l'exégèse d'après laquelle le logion « se sauver comme à travers le feu » signi-fierait simplement « se sauver à grand'peine ». — Cette interprétation est rapportée par E.B. ALLO, *Saint Paul, Première Épître aux Corinthiens (Études bibliques)*, Paris, 1956, p. 62. Elle est donnée aussi par J. GNILKA, art. *Fegfeuer*, II, dans *Lexikon für Theologie und Kirche*, IV, 1960, 51. — Sur l'interprétation exégétique et pa-tristique, cf. J. MICHL, *Geritsfeuer und Purgatorium zu 1 Kor.* 3, 12-15, dans *Studiorum paulinorum congressus internationalis catholica*, Rome, 1963, p. 395-401. — Pour une bibliographie exhaustive, antérieure à ces années, voir J. GNILKA, *Ist 1 Kor. 3, 10-15 ein Schriftzeugnis für das Fegfeuer ? Eine exegetischhistorische Untersuchung*, Düsseldorf, 1955, p. 7-11.

* *

En un mot, au moment où l'évêque d'Hippone intervient on peut résumer la situation de la manière suivante. La doctrine du feu purificateur du jugement est déjà constituée, mais les origénistes et les « miséricordieux » ont tendance à l'élargir de plus en plus en faveur des chrétiens. Quant à la pratique des suffrages pour les morts, elle a, elle aussi, existé avant lui, mais nul n'avait fait auparavant une tentative aussi déterminante pour élucider le problème de leur efficacité.

Devant cet héritage des siècles antérieurs le rôle d'Augustin sera donc double : poursuivre d'une part l'*évolution interne* de chacun de ces deux éléments et, d'autre part, surtout dans le débat avec les « miséricordieux », définir autant que faire se peut la *gravité des péchés* exclus à jamais de la rémission et de la purification dans l'autre monde.

B. — *LE SECOURS APPORTÉ AUX MORTS PAR LA MISÉRI- CORDE DIVINE ET LES SUFFRAGES DES HOMMES.*

Contrairement à ce qu'on verra dans la troisième partie, ici la pensée de l'auteur se situe principalement dans l'eschatologie individuelle, c'est-à-dire, dans ce délai qui court de la mort à la résurrection. Par le biais surtout de la problématique des suffrages pour les défunts Augustin va nous découvrir en particulier sa conception du sort des âmes pour lesquelles on a coutume de prier dans l'Église.

I. LE SORT DES PÉCHEURS DIGNES DE MISÉRICORDE APRÈS LA MORT.

Après la rémission de certains péchés qu'Augustin espère pour les morts, dans une série de discussions nous allons assister à l'élaboration progressive d'un second thème, celui des « peines temporaires ».

1. *Le thème de la rémission de certains péchés après la mort* (397-399).

Le thème de la rémission des péchés après la mort est un des plus anciens dans les écrits d'Augustin. C'est d'ailleurs une idée traditionnelle que d'attendre la rémission de certains péchés même au-delà de cette vie[68]. Elle apparaît déjà dans le deuxième livre des Machabées. Celui-ci rapporte en effet que Judas Macchabée fit offrir à Jérusalem un sacrifice pour ses soldats tués à la bataille de Jamnia. Ce geste, nous dit l'auteur sacré, il

---

68. Dans les textes où nous lisons la doctrine de la rémission des péchés après la mort, plusieurs auteurs veulent voir davantage : l'expiation du purgatoire. Cf., p. ex., P. BERNARD, art. *Purgatoire*, dans *Dict. apologétique de la foi catholique*, IV, 4 édit., 1928, 508 ; A. MICHEL, art. *Purgatoire*, DTC, XIII, 1936, 1233.

le faisait « dans la pensée de la résurrection » et pour que les morts « fussent délivrés de leurs péchés »[69].

En tout cas dans les documents chrétiens le thème apparaît sans discussion possible dès la fin du troisième siècle et le début du quatrième, aussi bien en Orient qu'en Occident[70].

En épigraphie, par exemple, on voit des invocations comme celles-ci : « Pardonne-lui toute faute commise en parole, action ou pensée, parce que tu es bon et que tu aimes les hommes. Oui, seul tu es Dieu et libre de tout péché, et ta justice est justice pour l'éternité »[71] ; « Faites miséricorde à l'âme d'Anni qui s'est reposée le 15 de Michir ! »[72]. Plus tard dans la liturgie plusieurs formules iront également dans ce sens[73].

Parmi les Pères du 4e-5e siècle, sans parler des Orientaux, saint Jérôme estime que pour les chrétiens la sentence du jugement sera « mêlée de miséricorde »[74]. A certains moments, sous l'influence origéniste, il va même exagérer cette idée. Quant à saint Ambroise, même en dehors de tout contexte origéniste il ne fonde ses espoirs de salut pour le commun des chrétiens que sur la miséricorde de Dieu accordée après la mort. Cette miséricorde qu'Ambroise espère pour les défunts comprend d'ailleurs plus que la rémission de leurs péchés[75], car il en attend aussi leur délivrance des embûches du démon et leur salut dans le repos du Seigneur[76].

---

69. *2 Macchab.* 12, 40-46. — Chez les Pères cette péricope ne sera exploitée qu'à partir de saint Augustin. Encore faut-il remarquer l'utilisation purement occasionnelle que celui-ci en fait. — Pour une étude exégétique et patristique, cf. O'BRIEN art. *The scriptural proof for the existence of purgatory from 2 Macchabees*, 12, 43-45, dans *Sciences ecclésiastiques*, 2 (1949) 80-108 ; comme analyse purement exégétique, cf. F.M. ABEL, *Les livres des Maccabées*, (*Études bibliques*), Paris, 1949, p. 443-448. — De nos jours plus d'un commentateur estime que ces versets témoignent de la pratique des suffrages des vivants pour les morts plus qu'ils ne décrivent le sort des morts eux-mêmes dans l'au-delà. — Voir dans ce sens, H.M. FÉRET, *La mort dans la tradition biblique*, dans *Le mystère de la mort et sa célébration* (*Lex orandi*, 12), Paris, 1956, 117. — Dom Calmet cité par F.M. Abel parle seulement de « pardon » et Abel lui-même de « rémission » et tout au plus de « purification », du moins d'après le sens littéral du texte (*Op. cit.*, p. 444-48). Il donne les opinions des non-catholiques à la p. 448. Les orthodoxes rejettent ce texte comme preuve du « purgatoire », dans le sens d'une expiation par les morts eux-mêmes comme les latins l'entendent Cf. A. MICHEL, *Les fins dernières*, Paris, 1929, p. 90.

70. E. VACANDARD, art. *La prière pour les trépassés dans les quatre premiers siècles*, dans *Revue du clergé français*, oct.-déc. (1907) 160.

71. H. LECLERCQ, art. *Ame*, dans *Dict. d'archéologie chrét. et de liturgie*, I, 1907 1532.

72. F. CABROL, art. *Amen*, dans *Dict. d'archéologie chrét. et de liturgie*, I, 1907, 1569.

73. *Sacramentarium Veronense*, édit. C. MOHLBERG, n. 1138-1160.

74. JÉRÔME, *In Is.*, 66, 24, PL, 704B : « moderatam arbitramur et mixtam clementiae sententiam judicis ».

75. AMBROISE, *De obitu Theodosii*, 25, CSEL, 73, p. 383-384 ; ID., *De Excessu Satyri*, I, 80, CSEL, 73, p. 250-251.

76. AMBROISE, *De excessu Satyri*, I, 29, CSEL, 73, p. 225 ; *De obitu Valentiniani*, 72, CSEL, 73, p. 363 ; *De obitu Theodosii*, 50, CSEL, 73, p. 398.

Si nous en venons à Augustin lui-même, on voit qu'il nourrit lui aussi les mêmes espérances et les mêmes craintes au livre IX des *Confessions*. Là, dans la longue prière qu'il formule pour Monique, il nous découvre partiellement sa pensée sur le sort de sa chère défunte. A cet endroit une seule alternative apparaît : le salut ou la damnation. Augustin ne mentionne ni peines temporaires, ni peines expiatrices. Pour sa mère, ce qu'il demande à la miséricorde divine, c'est avant tout la *rémission des péchés*. Sur ce point il pense que sa demande est fondée, car Monique elle-même a pardonné aux autres, réalisant ainsi notre requête quotidienne dans l'oraison dominicale : « Remets-nous nos dettes comme nous-mêmes nous remettons à nos débiteurs » :

« Je sais, dit-il, qu'elle a toujours agi avec miséricorde, qu'elle a remis à ses débiteurs leurs dettes, remettez-lui aussi les siennes, si elle en contracta durant cette longue suite d'années qu'elle a vécues après son baptême. Remettez-les-lui, Seigneur, remettez-les-lui, je vous en conjure, et « n'entrez pas avec elle en jugement ». Que la miséricorde « triomphe de la justice », puisque vos affirmations sont véridiques et que vous avez promis aux miséricordieux miséricorde »[77].

Plus loin comme Ambroise pour les siens, Augustin implore aussi pour sa Mère la préservation de la damnation et des embûches *du démon* : « Que nul ne la sépare de votre protection. Qu'entre elle et vous ne se dressent, ni par force ni par ruse, le lion et le dragon. Elle ne répondra pas qu'elle ne doit rien, de peur d'être convaincue et adjugée à un accusateur astucieux ; elle répondra que ses dettes lui ont été remises par Celui à qui personne ne rendra ce qu'il a acquitté pour nous sans rien devoir »[78].

Finalement Augustin demande à la miséricorde divine que Monique soit placée définitivement auprès du Seigneur, dans le lieu du *salut* : « Et pourtant, continue-t-il, je n'oserais affirmer que postérieurement à sa régénération par le baptême nulle parole contraire à votre loi ne soit jamais sortie de sa bouche. Il a été dit par votre Fils, qui est la Vérité même : « Quiconque traitera son frère de « fou » sera passible de la Géhenne du feu ». Malheur à la vie humaine la plus digne de louanges si vous la scrutez en faisant abstraction de votre miséricorde ! C'est parce que, à l'ordinaire, vous n'examinez pas nos fautes dans un esprit de rigueur,

---

77. *Conf.* IX, 13, 35, édit. et trad. de P. de LABRIOLLE : « Scio misericorditer operatam et ex corde dimisisse debitoribus suis : dimitte illi et tu debita sua, si qua etiam contraxit per tot annos post aquam salutis. Dimitte, domine, dimitte, obsecro, ne intres cum ea in iudicium. Superexaltet misericordia iudicio, quoniam éloquia tua uera sunt et promisisti misericordiam misericordibus ».

78. *Conf.*, IX, 13, 36, édit. et trad. de P. de LABRIOLLE : « Nemo a protectione tua dirumpat eam. Non se interponat nec ui nec insidiis leo et draco : neque enim respondebit illa nihil se debere, ne conuincatur, et obtineatur ab accusatore callido, sed respondebit dimissa debita sua ab eo cui nemo reddet, quod pro nobis non debens reddidit ».

que nous espérons avec confiance trouver *quelque place auprès de Vous*. Quiconque énumère devant vous ses propres mérites fait-il autre chose qu'énumérer vos bienfaits ? »[79].

En lisant les termes de cette véhémente prière, une chose au moins semble manifeste. On sent que pour Augustin l'enjeu de sa prière est très important et même qu'il y va peut-être du salut ou de la perte de sa mère. Certes il sait que celle-ci était habituellement vertueuse. Mais il estime que les motifs d'appréhension ne manquent point. D'abord il y a les rigueurs de la justice divine puisque, d'après le Seigneur, il suffit de dire une fois « raca » à son frère pour être passible de la Géhenne du feu. L'homme d'ailleurs ne sait pas toujours juger par lui-même ce qui est grave et ce qui est léger aux yeux de Dieu : « Quels péchés sont légers et lesquels sont graves, ce n'est pas au jugement de l'homme de l'apprécier, mais à celui de Dieu »[80]. Ensuite il y a le voile qui cache aux yeux des créatures les frontières entre la miséricorde et la justice divine : « Vous faites miséricorde à qui vous voulez faire miséricorde »[81]. Enfin il y a les ruses et les embûches du démon : « Qu'entre elle et Vous ne se dressent, ni par force, ni par ruse, le lion et le dragon »[82].

Dans les *Questions sur les Évangiles* le sujet de l'efficacité des suffrages pour les morts est explicitement abordé. Deux choses apparaissent ici : parmi les morts, d'après l'auteur, les uns sont irrécupérables dès maintenant ; tandis qu'à d'autres l'intercession des vivants et des saints peut encore être salutaire.

En effet, commentant la parabole du pauvre Lazare et du mauvais riche, Augustin déclare que le « Sein d'Abraham », c'est le repos des bienheureux réservé aux pauvres, et la « sépulture de l'enfer », c'est l'abîme de tourments qui dévore après la mort les superbes sans miséricorde. Pour cette classe de réprouvés, parce qu'ils ont impitoyablement refusé l'aumône aux malheureux, la sentence divine demeure inexorable pour toujours, leur part est avec les impies, dit-il ; jamais ils ne seront transférés dans le repos des bienheureux[83]. Même l'intercession des saints ne leur

---

79. *Conf.*, IX, 13, 34, édit. et trad. de P. de LABRIOLLE : « non tamen audeo dicere, ex quo eam per baptismum regenerasti, nullum uerbum exisse ab ore eius contra praeceptum tuum. Et dictum est a ueritate, filio tuo : si quis dixerit fratri suo « fatue » reus erit gehennae ignis ; et uae etiam laudabili uitae hominum, si remota misericordia discutias eam ! Quia uero non exquiris debita uehementer, fiducialiter speramus apud te locum. Quisquis autem tibi enumerat uera merita sua, quid tibi enumerat nisi munera tua ? ».

80. *Enchirid.*, 78, *Biblioth. augustin.*, 9, p. 242-43 : « Quae sint autem levia, quae gravia peccata, non humano, sed divino sunt pensanda judicio ».

81. *Conf.*, IX, 13, 35, édit. et trad. de P. de LABRIOLLE : « qui misereberis, cui misertus eris, et misericordiam praestabis, cui misericors fueris ».

82. Cf. note 78.

83. *Quaest. Evangel.*, II, 38, PL, 35, 1350-1351.

est d'aucun secours, car les miséricordieux seuls sont capables d'en profiter et de pénétrer ainsi « dans les tabernacles éternels »[84].

Bref, ici encore, Augustin persiste dans son alternative de salut ou damnation. Un seul problème commence à se poser à lui, et c'est au sujet des « pécheurs » que l'intervention des amis parvient à ressaisir. Il se demande notamment si l'entrée de ces gens dans le bonheur des élus s'effectuera avant ou après la Résurrection[85]. Mais entretemps, Augustin ne nous définit guère leur situation provisoire aussitôt après la mort. Il n'est pas dit qu'ils sont dans des souffrances expiatrices, et il n'est pas clair s'ils sont « temporairement » confondus avec le mauvais riche.

Ailleurs, dans son *sermon* 172, interprétant les paroles de l'Apôtre aux Thessaloniciens « Nous ne voulons pas, frères, que vous soyez ignorants au sujet des morts », l'évêque d'Hippone revient à l'efficacité des suffrages pour les morts. Les prières, explique-t-il, sont dites pour les morts, « afin que leurs péchés soient traités avec plus d'indulgence par le Seigneur »[86]. A cet endroit il ne s'explique pas davantage.

Reprenant le même sujet au sermon suivant, le prédicateur revient à sa dialectique du salut et de la damnation[87]. Sauf qu'ici elle est projetée à la fin des temps, dans le contexte de Matth. 25, 41 : « Ite, in ignem aeternum » Que faut-il espérer et craindre pour les morts au jour du jugement ? le salut définitif et la damnation éternelle, répond l'évêque. Encore une fois, à part la rémissibilité de certains de leurs péchés, rien n'est défini sur le sort intérimaire de ces défunts.

Après ces quelques analyses, résumons brièvement notre acquis provisoire. Selon les écrits qu'on vient de lire, après la mort et en attendant le jugement, certaines âmes se trouvent placées dans une situation ambiguë. Elles peuvent définitivement se perdre, comme elles peuvent aussi se sauver. Mais pour ceci il faut les suffrages des hommes et la miséricorde divine. Dans les *Confessions*, en particulier, ce thème porte encore plusieurs marques des conceptions archaïques de l'époque antérieure : la demande de la préservation des embûches du démon et des peines éternelles

---

84. *Quaest. Evangel.*, II, 38, PL, 35, 1351 : « Per incommutabilitatem divinae sententiae, nullum auxilium misericordiae posse praeberi a justis, etiam si eam velint praebere. Quo admonet scilicet ut hac vita homines subveniant quibus possunt, ne postea etiam si optime recepti fuerint, eis quos diligunt opitulari non valeant, illud enim quod scriptum est, Ut et ipsi recipiant vos in aeterna tabernacula (*Luc.* 16, 9), non de superbis et immisericordibus scriptum est, qualis iste dives fuisse demonstratur, quod recipi a sanctis in illa tabernacula mereantur ».

85. *Quaest. Evangel.*, II, 38, PL, 35, 1351 : « Quamquam illa receptio, utrum statim post istam vitam fiat, an in fine saeculi in resurrectione mortuorum atque ultima retributione judicii, non minima quaestio est : sed quandolibet fiat, certe de talibus qualis ille dives insinuatur, nulla Scriptura fieri pollicetur ».

86. *Serm.* 172, 2, PL, 38, 936-937 : « ut cum eis misericordius agatur a Domino quam peccata eorum meruerunt ».

87. *Serm.* 173, 1, PL, 38, 937-38.

ainsi que la dualité tranchée entre le salut et la damnation[88]. Là, comme dans les *Questions sur les Évangiles*, de même que dans les *sermons 172 et 173*, on ne voit pas qu'Augustin implore la fin d'une quelconque expiation.

A partir de 414, outre la rémission de certains péchés, les témoignages commencent à évoquer certaines « peines » et une certaine condamnation dont on peut encore sortir, mais qui peut aussi bien se confirmer au jour du jugement. Le progrès de ce thème est un exemple typique d'une évolution doctrinale chez notre auteur : d'abord il avance sa théorie à titre d'hypothèse, ensuite il devient de plus en plus affirmatif, et pour finir, il en donne un enseignement catégorique[89].

2. *Deux exemples de délivrance : celle de certains damnés, à la descente du Christ aux enfers et celle du petit Dinocrate, frère de sainte Perpétue (414-419).*

De 414 à 417, l'auteur discute le premier cas et en 419 celui de Dinocrate. Dans son *Commentaire sur la Genèse* et dans deux lettres en réponse à des consultants, Augustin est confronté avec le problème de l'activité du Christ à sa descente aux enfers[90]. Les théories qu'il formule à cette occasion éclairent sa doctrine postérieure dans l'*Enchiridion* et dans le *De civitate Dei* sur les conditions d'une récupération possible après la mort. Certes, à la fin, il déclare que toute cette histoire peut s'entendre dans un sens spirituel. Mais il n'en reste pas moins que dans l'interprétation littérale il a tendance à établir une certaine analogie entre cet épisode biblique et le sort actuel de certains hommes après la mort[91].

Son point de départ est presque toujours la déclaration de saint Pierre dans les *Actes*. Parlant du passage du Christ au séjour des morts, saint Pierre dit du Seigneur : « Mais Dieu l'a ressuscité, le délivrant des affres de l'Hadès. Aussi bien n'était-il pas possible qu'il fût retenu en son pouvoir[92] ». D'après une des lectures qu'Augustin et ses correspondants croient

---

88. J. RIVIÈRE, art. *Rôle du démon au jugement particulier chez les Pères*, dans *Revue des sc. relig.*, 4 (1924) 43-64 ; *ibid.*, 10 (1930) 577-621.

89. Un des exemples d'une telle évolution chez Augustin, c'est sa doctrine de la « damnatio mitissima » ou « poena levissima » des enfants morts sans baptême. « Depuis le *De libero arbitrio*, III, 23, 66-67 jusqu'à l'*Enchiridion*, 23, 85... l'incertitude a fait place à une certitude ferme ». Cf. F. CAYRÉ, art. *Une « rétractation » de saint Augustin. Les enfants morts sans baptême*, dans *L'année théologique augustinienne* 12 (1952) 131-143.

90. Cf. H. QUILLIET, art. *Descente de Jésus aux enfers*, DTC, IV, 1911, 565 ; A. GAUDEL, art. *Limbes*, DTC, IX, 1927, 760-62 ; B. PIAULT, art. *Autour de la controverse pélagienne* : « Le troisième lieu », dans *Rech. de sc. relig.*, 44 (1956) 481-514.

91. *Epist. ad Evodium*, 164, 12, CSEL, 44, p. 532-33 : « nec attendunt qui sentiunt hanc excusationem habere posse omnes, qui etiam post resurrectionem Christi... emigrarunt » ; « *ibid.*, 16, CSEL, 44, p. 535-36 : « sed quia ea res gesta etiam futuram significat, ideo ibi diluuium et baptismum significabat fidelibus et infidelibus poenam... ». — Voir aussi dans le même sens son correspondant EVODIUS, *Epist. ad Augustinum*, 163, CESL, 44, p. 521.

92. *Act.*, 2, 24.

devoir faire de ce verset, le Christ serait descendu délivrer de leurs souffrances les prisonniers des enfers. Or, dit-il, ces gens libérés ne peuvent être ceux du sein d'Abraham, tel que Lazare dont il est dit qu'il est dans le « repos ». Donc, conclut-il, le Christ est descendu délivrer ceux des damnés auxquels il a voulu librement concéder cette faveur.

C'est ce qu'il déclare déjà vers 414 dans son *Commentaire sur la Genèse* : « Que l'âme du Christ est descendue jusqu'à ces lieux où les pécheurs sont torturés, pour libérer ceux que sa justice mystérieuse jugeait bon de délivrer, on n'a pas tort de le croire. Comment entendre autrement cette parole « Mais Dieu l'a ressuscité, le délivrant des affres de l'Hadès. Aussi bien n'était-il pas possible qu'il fût retenu en son pouvoir ? » Par conséquent il nous faut admettre que dans les enfers quelques-uns ont été délivrés de leurs souffrances... Et ce n'est certainement pas d'Abraham qu'il est question à propos de ces souffrances ni du pauvre qui demeurait dans son sein, c'est-à-dire dans le lieu de repos, car nous lisons qu'aux enfers un grand abîme sépare le lieu du repos de celui des tourments »[93].

Vers 415, même problématique, même recours au texte des *Actes* et même réponse. Mais la conviction d'Augustin commence à s'affermir. Maintenant *il est sûr* que le Christ est descendu aux enfers pour délivrer les damnés. Toutefois, craignant sans doute de favoriser l'erreur des « miséricordieux », il opère, sur un point, un certain recul. Il commence à se demander si le Christ a délivré tous les damnés ou seulement quelques-uns[94].

Enfin en 417, Dardanus lui demande si le lieu de Lazare et celui du mauvais riche étaient situés tous les deux aux enfers. Augustin incline pour l'affirmative et ajoute que le Seigneur est allé aux deux endroits lors de sa descente aux enfers dont parlent les *Actes* 2, 24. Or s'il s'est rendu dans le lieu de souffrance cela ne peut être que pour aider quelques-uns qui en étaient dignes : « Voici la question qu'on se pose habituellement : si on considère les enfers comme un lieu pénible, comment enseigne-t-on, sans blasphème, la descente du Christ aux enfers ? A cette difficulté il faut répondre que le Seigneur y est descendu pour aider ceux qu'il fallait »[95].

---

93. *De Genes. ad litter.*, XII, 33, 63, CSEL, 28-1, p. 428-29. : « et Christi quidem enimam uenisse usque ad ea loca in quibus peccatores cruciantur, ut eos solueret a tormentis, quos esse soluendos occulta nobis sua iustitia iudicabat, non immerito creditur. Quomodo enim aliter accipiendum sit, quod dictum est : quem deus suscitauit a mortuis solutis doloribus inferorum, quia non poterat teneri ab eis, non uideo, nisi ut quorumdam dolores apud inferos eum soluisse accipiamus... neque enim Abraham uel ille pauper in sinu eius, hoc est in secreto quietis eius, in doloribus erat, inter quorum requiem et illa inferna tormenta legimus magnum chaos firmatum ».

94. *Epist. ad Evodium*, 164, 8, CSEL, 44, p. 527-28.

95. *Epist. ad Dardanum*, 187, CSEL, 57, p. 86 : « unde etiam quaeri solet si nonnisi poenalia recte intelliguntur inferna, quo modo animam domini Christi pie credamus fuisse in inferno. Sed bene respondetur ideo descendisse, ut quibus oportuit, subueniret ».

Ainsi, dans ce troisième texte, Augustin arrête comme dernière position la délivrance de certains « pécheurs » lors de la descente du Christ aux enfers. Ce qui est intéressant aussi, et qu'il nous dévoile ici partiellement, c'est sa conception des deux lieux dans l'au-delà. Dans ses énumérations Augustin ne connaît que deux endroits essentiels aux enfers, l'un de repos et l'autre de tourments[96].

Bien plus, il lui arrive quelquefois d'exclure positivement toute peine intermédiaire entre le salut et la damnation, même durant la période « provisoire »[97].

Aussi, lorsqu'il dut envisager l'éventualité du salut de certaines âmes à la descente du Christ aux enfers, la seule solution qu'il imagina, c'était la délivrance de certaines âmes « pécheresses » du lieu même où souffrent, sans espoir, celles du mauvais riche et des « impies » irrécupérables.

Dans la suite de notre étude nous n'aurons plus de localisation aussi claire. Mais à présent nous savons du moins qu'aux yeux de l'évêque d'Hippone, avant la sentence du dernier jugement, il n'y a pas de répugnance que certains « pécheurs » puissent passer de la condamnation à la joie des élus.

Effectivement dans la discussion du cas historique du petit Dinocrate[98], frère de sainte Perpétue, Augustin va bientôt considérer le soulagement de l'enfant comme une soustraction à une condamnation, grâce aux prières de sa sœur[99]. Voici dans quelles circonstances il va développer cette opinion. En 419, venait de se convertir au catholicisme un jeune homme du nom de Vincent Victor, ancien membre de la faction des Rogatistes, secte dissidente des Donatistes. Malgré sa conversion, il était loin de renoncer à toutes ses idées personnelles. Ainsi promettait-

---

96. *Enchirid.*, 109, *Biblioth. augustin.*, 9, p. 302-303 : « (anima) unaquaeque digna est vel requie vel aerumna, pro eo quod sortita est in carne cum viveret ».

97. *De Genes. ad litter.*, XII, 33, 63, CSEL, 28-1, p. 428-29 : « inter quorum requiem et illa inferni tormenta legimus magnum chaos firmatum ».

98. Dinocrate, petit frère de sainte Perpétue était mort à l'âge de sept ans. Dans sa « Passion » la sainte raconte la vision qu'elle en eut en prison où elle attendait le martyre. L'enfant lui était apparu enfermé dans un lieu ténébreux. Il avait soif, et portait au visage l'horrible cancer qui l'avait emporté. La sainte pria pour lui et quelques jours plus tard l'enfant lui fut montré dans la joie et la lumière, guéri, abreuvé et réconforté. Cf. *Passio sanctarum martyrum Perpetuae et Felicitatis*, II, 3, PL, 3, 34-35. — D'après des interprètes modernes, dans cette histoire Perpétue manifeste à coup sûr sa foi dans l'efficacité de la prière pour les morts. Mais sur la nature et la cause de leur sort ses conceptions ne diffèrent guère des croyances populaires du milieu ambiant. Elle est d'autant plus dominée par elles qu'elles n'a pas eu le temps d'achever son instruction chrétienne. Cf. F.J. DÖLGER, *Antike Parallelen zum leidenden Dinocrates in der Passio Perpetuae*, dans *Antike und Christentum. Kultur und Religionsgeschichtestudien*, T. II, fasc. 1, p. 1-10 ; J.H. WASZINK, art. *Mors immatura*, dans *Vigil. christian.*, 3 (1949) 107-112. — En sens contraire, cf. LEVAIN-DUPLOUY, *La passion des saintes Perpétue et Félicité, mars 203*, Carthage, 1954.

99. *De natura et orig. animae*, I, 9, CSEL, 60, p. 310-312 ; I, 10, 12, CSEL, 60, p. 312 ; II, 10, CSEL, 60, p. 348-49 ; III, 9,, CSEL, 60, p. 369-370.

il aux enfants morts sans baptême le bonheur du paradis et du ciel. Il prétendait en outre que le salut de ces enfants est possible grâce aux prières et aux offrandes des vivants. Il citait alors comme exemple de gens sauvés sans baptême : les soldats de Judas Macchabée, le bon larron et le petit Dinocrate[100].

Dans sa réponse, après avoir traité des deux premiers, Augustin arrive à Dinocrate. Il assure d'abord que l'enfant a été baptisé, autrement il n'aurait pas profité des prières de sa sœur, car le baptême est indispensable au salut. Continuant sur sa lancée, il affirme aussi que Dinocrate a été vraiment condamné à des peines. Cet enfant, nous explique-t-il, a probablement commis le péché d'apostasie sous la pression de son père païen. Mais comme pour quelques-uns tout n'est pas perdu avant le jugement final, Dinocrate a pu être sauvé grâce aux prières de sa sœur :

« Quant à Dinocrate, frère de sainte Perpétue, ce ne sont pas les livres canoniques qui en parlent. Et d'autre part, ni Perpétue ni personne d'autre n'a écrit que cet enfant décédé pourtant à l'âge de sept ans soit mort sans baptême ; car, on voit que la prière de sa sœur attendant le martyre fut exaucée, et qu'il fut transféré du lieu des peines à celui du repos. A cet âge, en effet, les enfants peuvent déjà mentir ou dire la vérité, avouer ou nier. Et c'est ainsi qu'à leur baptême ils récitent déjà le symbole et répondent eux-mêmes aux questions. Qui sait si, après son baptême, cet enfant ne fut pas arraché au Christ durant la persécution et ramené à l'idolâtrie par son père païen, raison pour laquelle après sa mort il aurait été livré à cette condamnation d'où il ne fut tiré qu'après avoir obtenu le pardon par les prières de sa sœur qui se préparait à sacrifier sa vie pour le Christ ? »[101].

Plus loin, Augustin revient à la même explication, sauf qu'il devient plus affirmatif. Maintenant il n'y a presque plus de doute que Dinocrate ait été baptisé, qu'il a été ramené par son père à l'idolâtrie, qu'il a été condamné à des peines et qu'il a été libéré par la prière de sa sœur[102]. Au livre suivant Augustin va même avancer une explication : la plaie au visage de l'enfant signifie les peines dont souffrait son âme. Il ne fut tiré de là que par les prières de sa sœur[103].

---

100. Cf. note 99.

101. *De natura et orig. animae*, I, 10, CSEL, 60, p. 312 : « De fratre autem sanctae Perpetuae Dinocrate, nec scriptura canonica est nec illa sic scripsit, uel quicumque illud scripsit, ut illum puerum qui septennis mortuus fuit, sine baptismo diceret fuisse defunctum, pro quo illa imminente martyrio creditur exaudita, ut a poenis transferretur ad requiem. Nam illius aetatis pueri et mentiri et uerum loqui et confiteri et negare iam possunt. et ideo cum baptizantur, iam et symbolum reddunt et ipsi pro se ad interrogata respondent. Quis igitur scit, utrum puer ille post baptismum, persecutionis tempore a patre impio per idololatriam fuerit alienatus a Christo, propter quod in damnationem mortuus ierit, nec inde nisi pro Christo moriturae sororis precibus donatus exierit ? »

102. *De natura et orig. animae*, III, 9, CSEL, 60, p. 369.

103. *De natura et orig. animae*, *IV*, 18, 27, CSEL, 60, p. 406-407. — Dans cette partie de l'ouvrage c'est surtout la nature de l'âme qui préoccupe Augustin, et non plus la controverse au sujet de la nécessité du baptême pour le salut.

En tout cas la polémique autour du petit Dinocrate confirme les constatations faites plus haut : certains condamnés peuvent encore être libérés. Ceux qui l'auraient été à la descente du Christ aux enfers le doivent à la faveur directe du Christ lui-même, tandis que le petit Dinocrate, le doit à la miséricorde de Notre-Seigneur implorée par Perpétue la martyre. De toute façon dans ce dernier cas l'association est faite clairement entre les suffrages et la soustraction à une certaine condamnation.

3. Le problème de l'efficacité des suffrages pour les morts (421-423).

A partir de 421-22 Augustin traite ex professo du problème de l'efficacité des suffrages pour les morts et applique pour le résoudre sa doctrine de la délivrance de certains « pécheurs »[104]. Mais en même temps, comme nous l'avons annoncé, durant cette période un des obstacles à l'intelligence de sa pensée, c'est la discrétion et la modération qu'il manifeste de plus en plus en eschatologie. Tout se passe à présent comme s'il devait défendre ses thèses contre deux extrêmes, affirmant sans cesse qu'il ne faut exagérer ni dans un sens ni dans l'autre[105]. En effet, face au courant laxiste des miséricordieux connus de lui depuis 413, on a l'impression qu'une réaction commence à se dessiner, excluant toute récupération après la mort, minimisant l'intercession des saints et les suffrages des vivants. Si bien que, tout en gardant bon nombre de positions acquises, l'auteur se voit obligé d'équilibrer davantage ses formules.

Trois ouvrages de l'époque traitent de l'efficacité des suffrages pour les morts : le De cura pro mortuis, l'Enchiridion et le De octo Dulcitii quaestionibus[106]. Cette trilogie d'ouvrages aborde la question des suffrages en réponse à des consultants dont la demande précise peut se réduire à celle-ci : Comment concilier le changement que les suffrages des fidèles prétendent apporter au sort des morts, avec la fixité posthume qu'enseigne l'Écriture, principalement dans 2 Cor. 5, 10 où il est dit : « Il faut en effet que nous soyons tous mis à découvert devant le tribunal du Christ, pour que chacun retrouve ce qu'il aura fait pendant qu'il était dans son corps, soit en bien, soit en mal » ? Ou encore : « En enfer, qui pourra encore te louer ? » (Ps. 6, 6).

A ce problème de l'efficacité des suffrages Augustin répond d'abord dans le De cura pro mortuis. Les deux aspects doivent être maintenus,

---

104. Concernant la pratique et la théologie des suffrages pour les morts chez saint Augustin, voir spécialement : A. FRANTZ, Das Gebet für die Todten in seinem Zusammenhang mit Cultus und Lehre nach den Schriften des heiligen Augustinus. Eine, patristische Studie, Nordhausen, 1857 ; Fr. VAN DER MEER, Saint Augustin, pasteur d'âmes, trad. fr., Paris, 1955, T. II, p. 327-367.

105. Dans les textes que nous allons étudier on verra Augustin souligner chaque fois l'utilité de la prière pour les morts et en même temps les conditions de vie à remplir pour en profiter. Cf. De cura pro mortuis, I, 1-2, CSEL, 41, p. 621-622 ; Enchirid., 110, Biblioth. augustin., 9, 302-305 ; De civ. Dei, XXI, 24, CSEL, 40-2, p. 559.

106. A maints égards le Sermon 172 est à rapprocher de ces écrits. Il porte les préoccupations que nous venons de signaler à la note précédente.

dit-il[107]. D'une part, les prières sont « utiles » aux morts, « prosunt ».
et d'autre part elles ne viennent en aide qu'à ceux qui l'ont *mérité* ici-
bas. Ainsi les suffrages ne sont-ils utiles qu'à certaines âmes. Ceux qui
ont très bien vécu n'en ont pas besoin. Et ceux qui se sont trop mal con-
duits n'en sont pas dignes. Le *De cura pro mortuis* n'en dit pas davantage
Il ajoute seulement une allusion à 2 *Macch.* 12, 39-46 comme argument
de l'efficacité des suffrages pour les morts, mais sans rappeler l'emploi
abusif que Vincent Victor vient d'en faire quelque temps auparavant[108].

Sans comporter toute la clarté désirable l'*Enchiridion* contient déjà un
peu plus de données sur le genre « d'aide » et de « secours » apporté aux
morts par les suffrages des vivants. Après avoir répété que les messes, les
prières et les aumônes profitent seulement à ceux qui n'ont vécu ni très
mal ni très bien Augustin poursuit en disant que les suffrages sont d'ordre
« propitiatoire », « propitiationes sunt ». Aux âmes qui en tirent profit
ils apportent un « acquittement complet », « plena remissio »[109]. Étant
au courant des multiples discussions que soulève alors la curiosité contem-
poraine sur l'au-delà, Augustin a probablement choisi à dessein ces
formules. Elles ont au moins un double avantage : elles sont assez générales
pour ne pas trop l'engager, et en même temps assez globales pour comprendre plus d'une réalité, et notamment la rémission des péchés aux
morts et la fin de leur condamnation.

Quant à la « tolerabilior damnatio » dont il s'agit en ce contexte le sens
obvie est qu'elle concerne les mêmes âmes à qui il serait fait tantôt une
amnistie totale, tantôt un assouplissement de « peines ». Et s'il en est
ainsi, il est possible que dans l'esprit d'Augustin cette « mitigation »
puisse, par d'autres suffrages, aboutir aussi un jour à la pleine délivrance,
puisque ses bénéficiaires semblent justement ceux qui ne se classent ni
parmi les « valde mali » exclus à jamais du bénéfice des suffrages ni parmi
les « valde boni » qui n'en ont pas besoin[110].

---

107. *De cura pro mortuis*, I, 1-2, CSEL, 41, p. 621-622.
108. *De cura pro mortuis*, I, 3, CSEL, 41, p. 622-23.
109. *Enchirid.*, 110, *Biblioth. augustin.*, 9, p. 302-305.
110. A. Michel estime qu'en ce chapitre 110 Augustin enseigne la mitigation des
peines soit du « purgatoire » soit de l'« enfer ». Dans son explication de la seconde hypothèse, A Michel aligne le chapitre 110 sur le chapitre 112 qui traite également de
la mitigation des peines de l'enfer. Cf. art. *Mitigation des peines de la vie future.*
DTC, X, 1928, 1998. — De tout ce qu'on vient de voir il ressort qu'il n'y a pas lieu
de retenir ici la mitigation d'un « purgatoire » au sens actuel. Et quant à l'enfer dont
il est question effectivement, entre le chapitre 110 et le chapitre 112 il s'impose une
distinction capitale du point de vue augustinien. Au chapitre 110 l'auteur vise la
mitigation de la condamnation provisoire *avant* la fin du monde ; tandis qu'au chapitre 112 il s'agit de celle de la damnation éternelle *après* le jugement dernier. Cf.
Enchirid., 112, *Biblioth. augustin.*, 9, p. 306-311. La mitigation des peines de l'enfer
après le jugement est celle dont reparlera Augustin dans le *De civ. Dei*, XXI, 16, CSEL,
40-2, p. 548. — Dans l'un et l'autre cas le contexte est suffisamment apparent : au
chapitre 112 de l'*Enchirid.* comme au parallèle du *De civ. Dei* la pensée augustinienne évolue dans le cadre du jugement dernier. Cf. *Biblioth. augustin.*, 9, note complémentaire, 54, p. 420-422 : « *Tolerabilior damnatio* ».

Quoi qu'il en soit, à travers la sobriété des formules, on croit percevoir ici la même association des thèmes de rémission des péchés et de libération que dans le cas du petit Dinocrate[111]. Il ne s'agit plus uniquement de la rémission des péchés, mais il serait en même temps question de la cessation, ou du moins de la mitigation de leur condamnation. D'autre part, dans le texte, rien ne montre que cette « remissio » et cette « damnatio » concernent une peine à effet guérisseur comme l'expiation purificatrice.

Le *De octo Dulcitii quaestionibus* répond à Dulcitius qui avait soumis à l'auteur huit problèmes dont le second touche à notre sujet. La réponse d'Augustin lui-même n'apporte aucun élément nouveau, car elle se contente de citer longuement les deux ouvrages antérieurs : mais il est intéressant de noter la teneur de la question de Dulcitius :

« Voici ta deuxième question : L'offrande qu'on fait pour les morts apporte-t-elle quelque utilité aux âmes ? car il est évident que nous sommes récompensés ou punis pour nos propres actes. Nous lisons en effet qu'aux enfers personne ne pourra plus confesser le Seigneur. A cela beaucoup répondent que s'il y avait place pour quelque soulagement après la mort, l'âme du défunt se procurerait elle-même un soulagement bien plus grand, en confessant alors ses propres péchés, que celui qui lui est procuré par une offrande étrangère »[112].

En un certain sens, Dulcitius est moins réservé que l'évêque d'Hippone. Les termes employés par lui expriment plus clairement la notion de *peines* que ceux de notre auteur dans l'ouvrage antérieur. Certes le binôme « sublevemur-gravemur » est aussi vague que « relevari-gravari » déjà utilisé par notre auteur. Mais le « refrigerium » qu'apportent les suffrages révèle en outre que l'état antérieur de l'âme est considéré par le correspondant comme un état de souffrance[113].

---

111. Saint Augustin est le premier à accorder une portée entièrement théologique à cette apparition. Il est le premier à affirmer que l'enfant était baptisé, qu'il avait péché, et que sa souffrance était la sanction d'une faute morale. — Sur la pensée de sainte Perpétue, cf. plus haut, note 98.

112. *De octo Dulcitii quaest.*, II, PL, 40, 157 : « Secunda tua quaestio est : Utrum oblatio quae fit pro quiescentibus, aliquid eorum conferat animabus : cum evidenter nostris aut sublevemur actibus, aut gravemur ; si quidem legamus, quod in inferno nemo jam possit Domino confiteri. Ad quod multi dicunt quod si aliquis beneficii in hoc locus possit esse post mortem, quanto sibi anima ferret ipsa refrigerium, sua per se illic confitendo peccata, quam in eorum refrigerium ab aliis oblatio procuratur ? »

113. Sur le « Refrigerium », cf. P. de LABRIOLLE, art. *Refrigerium*, dans *Bull. d'ancienne littér. et d'archéologie chrét.*, (1912) 214-216 ; H. de LEHAYE, art. *Refrigerare, refrigerium*, dans *Journal des savants*, nov. (1926) 385-90 ; A.M. SCHNEIDER, *Refrigerium*, Fribourg, 1928 ; surtout A. PARROT, art. *Le refrigerium dans l'au-delà*, dans *Rev. de l'histoire des relig.*, 115 (1937) 53-89 ; DENIS-BOULET, *Les cimetières chrétiens primitifs*, dans *Le mystère de la mort et sa célébration* (*Lex orandi*, 12), Paris, 1956, p. 164-181 ; A. STUIBER, *Refrigerium interim*, Bonn, 1954 ; de BRUYNE, art. *Refrigerium interim*, dans *Rivista di archeologia cristiana*, 1-4'(1958) 87-118. Cet article est une critique de la thèse de A. STUIBER ; C. MOHRMANN, art. *Locus refrigerii, lucis et pacis*, dans *Quest. paroissiales et liturg.*, (1958) 196-214.

En même temps Dulcitius dit pourquoi il recourt aux lumières d'Augustin. Il a maintenant des doutes, parce que beaucoup autour de lui, « multi », commencent à soutenir que la prière pour les morts est inopérante. Il ne détermine pas davantage les milieux d'où émanent ces tendances nouvelles. On voit seulement que vers 428-29 Augustin va condamner l'erreur de ceux qui nient à l'instar d'Aérius l'efficacité de la prière pour les morts[114].

4. *Le thème des « peines temporaires » dans la controverse avec les miséricordieux » dans le De civitate Dei, XXI (426-27).*

En fait entre Augustin et les miséricordieux un accord partiel existe à l'intérieur de certaines limites. Et la pointe du combat qui se livre dans le *De civitate Dei* se situe sur deux frontières que les miséricordieux s'efforcent continuellement de franchir et à l'intérieur desquelles Augustin essaye toujours de les rejeter. Comme eux, Augustin admet la possibilité de la délivrance des « pécheurs » après la mort ; par contre il exclut fermement les infidèles, les impies et les chrétiens « criminels »[115]. De même, avec eux, il enseigne la possibilité de la délivrance des « pécheurs » avant ou après la résurrection, mais jamais, comme eux, après la condamnation au feu éternel par la sentence définitive du jugement dernier[116].

C'est dans ce cadre que le *De civitate Dei* nous livre la dernière évolution de la pensée augustinienne sur les peines qu'il appelle ici justement « peines temporaires » au livre XXI, chapitre 13. Sur cette doctrine Augustin ne trahit plus aucune hésitation. Et même, il en parle alors d'un ton si naturel, que par inadvertance, elle a souvent été identifiée tout simple-

---

114. Aérius, prêtre originaire du Pont, commença à répandre ses idées en Asie vers 360. « Quant à la prière pour les morts, qu'il tenait pour inutile, il craignait, en outre, qu'elle ne servît aux vivants de prétexte pour négliger leur salut ». Cf. H. HEMMER, art. *Aérius, Aériens*, DTC, I, 1903, 516. — Il se peut que l'attitude d'Augustin s'explique aussi par la situation créée par Aérius. Concernant l'insistance de l'évêque d'Hippone sur l'utilité de la prière pour les morts et en même temps sur les conditions de vie à remplir pour en profiter, il faut voir aussi le *Serm.* 172, n. 2, le *De cura pro mortuis*, I, 1-2, l'*Enchirid.*, 110 et le *De civ. Dei*, XXI, 24. — En tout cas dans son milieu Paulin de Nole semble rencontrer également des difficultés sur la prière pour les morts. Augustin le lui rappelle : « Sed cum haec ita sint, quomodo huic opinioni contrarium non sit, quod ait Apostolus (2 *Cor.* 5, 10), non te satis videre significas ». Cf. *De cura pro mortuis*, I, 1-2.

115. *De civ. Dei*, XXI, 24 et 27, CSEL, 40-2, p. 559 et 574 ; *De fide et oper.*, XVI, 30, CSEL, 41, p. 74 ; *Enchirid.*, 69, *Biblioth. augustin.*, 9, p. 226-228.

116. Pour montrer qu'Augustin admet la possibilité du salut des « pécheurs » A Lehaut écrit : « Et quels pécheurs saint Augustin met-il de la sorte à l'abri d'une éternité de supplice (*De Gestis Pelagii*, 11, PL, 44, 326) ?... il est beaucoup moins explicite que saint Jérôme... assez cependant pour permettre de supposer, avec une certaine vraisemblance, que saint Augustin n'a pas été le moins du monde choqué de la page du premier *Dialogue contre les Pélagiens* (*Dial. adv. Pelag.*, I, 28, PL, 23, 522) qui a nui à la réputation d'orthodoxie de son auteur ». Cf. A. LEHAUT, *L'éternité des peines de l'enfer dans saint Augustin*, Paris, 1912, p. 35.

ment avec celle de l'« expiation purificatrice »[117]. Raison de plus pour examiner avec attention les chapitres 13 et 24 qui en témoignent.

Au *chapitre* 13, Augustin réfute les Platoniciens qui nient l'éternité de l'enfer et soutiennent exclusivement l'existence des peines « purificatrices » dans l'autre monde[118]. Après rejet de la position radicale des Platoniciens, il reconnaît que lui aussi admet certaines peines « temporaires » dans ce monde et dans l'autre :

« Mais les uns souffrent les peines temporelles en cette vie seulement, d'autres après la mort, d'autres et durant et après cette vie ; avant toutefois ce jugement très sévère et le dernier de tous. Mais ne tombent pas dans les peines éternelles, qui arriveront après ce jugement, tous ceux qui ont supporté les peines temporelles après la mort. Car à certains, ce qui n'est pas remis en ce siècle, sera remis dans le siècle futur, c'est-à-dire leur évitera d'être puni du supplice éternel de ce siècle futur : nous l'avons dit plus haut »[119].

Voici une série d'observations qui soulignent la différence entre les peines « temporaires » dont il s'agit ici et l'expiation « purificatrice » dont il est question ailleurs. Remarquons d'abord qu'en ce chapitre 13. l'auteur évite soigneusement d'appliquer aux morts l'expression « peines purificatrices » que ses adversaires les Platoniciens utilisent à cet endroit[120]. Personnellement Augustin ne la reprend un peu plus haut que pour désigner certaines peines d'ici-bas[121]. Généralement d'ailleurs il ne mentionne les « peines purificatrices » après cette vie, qu'en rapport avec la doctrine du feu purificateur du jugement. Nous allons voir plus loin ce point.

---

117. L'assimilation est faite pour le *De civ. Dei*, XXI, 13, entre autres, par : A. LEHAUT, *L'éternité des peines de l'enfer dans saint Augustin*, Paris, 1912, p. 49 ; A. MICHEL, art. *Purgatoire*, DTC, XIII, 1936, 1221.

118. H. HAGENDHAL, *Latin Fathers and the Classics. A study on the Apologists, Jerome and other christian writhers*, Göteberg, 1958. — Aux p. 392-95 il étudie le *De civ. Dei*, XXI, 13, où Augustin discute de l'idée de purification inspirée de l'*Enéide*, VI, 733-42.

119. « Sed temporarias poenas alii in hac uita tantum, alii post mortem, alii et nunc et tunc, uerum tamen ante iudicium illud seuerissimum nouissimumque patiuntur. Non autem omnes ueniunt in sempiternas poenas, quae post illud iudicium sunt futurae, qui post mortem sustinent temporales. Nam quibusdam, quod in isto non remittitur, remitti in futuro saeculo, id est, ne futuri saeculi aeterno supplicio puniantur, iam supra diximus ». Cf. *De civ. Dei*, XXI, 13, CSEL, 40-2 p. 543 ; trad. *Biblioth. augustin.* 37, p. 438.

120. *De civ. Dei*, XXI, 13, CSEL, 40-2, p. 542-43 ; trad. *Biblioth. augustin.*, 37, p. 438.

121. Dans un sermon sur la résurrection Augustin rejette catégoriquement la purification par la métempsychose attribuée à Pythagore, Porphyre et l'*Enéide*, VI, 719-721. Cf. *Serm.* 241, 5-6, PL, 38, 1136-37. — Ailleurs il réfute la mauvaise interprétation de Fauste le manichéen sur le culte catholique des martyrs, mais sans porter un jugement de valeur sur sa doctrine de la purification des âmes. Cf. *Contra Faustum Manich.*, XX, 21, CSEL, 25-1, p. 561-562,

Observons aussi l'insistance de l'auteur sur « ante iudicium »[122]. C'est un des enjeux, nous l'avons vu, de la controverse avec les miséricordieux et un des grands points de désaccord entre l'évêque d'Hippone et ses adversaires. D'après lui, le dernier jugement une fois prononcé, il n'y aura plus de damnation « temporaire », car on entrera dès lors dans le salut définitif ou la damnation éternelle — Nous y reviendrons un peu plus loin. En même temps face aux régoristes, semble-t-il, Augustin souligne encore une fois que parmi ceux qui sont condamnés maintenant tous ne le seront pas au jugement dernier. La miséricorde divine s'exercera encore à l'égard de quelques-uns. Ailleurs il précise que ces gens doivent avoir un certain mérite.

D'autre part, même ces condamnés « récupérables » ne sont pas sauvés automatiquement. Comme on le voit à d'autres endroits les suffrages des hommes peuvent jouer ici un rôle décisif. Mais en dernier ressort c'est à la justice divine de choisir librement qui parmi eux est à sauver au dernier jugement[123]. Mis à part en effet les « criminels » impénitents auxquels il ferme sans rémission la voie du salut, au sujet des autres pécheurs on dirait que son esprit demeure perplexe devant le mystère des rapports entre la miséricorde et la justice divine. Cette attitude s'exprime parfaitement au chapitre précédent auquel, par les mots « iam supra diximus », il semble se référer[124].

Abordons maintenant *au chapitre* 24 le texte parallèle à celui du chapitre 13. J'espère que nous en serons éclairés davantage. Dans ce passage les « peines temporaires » sont mentionnées dans l'incise qui dit : « post poenas quas patiuntur spiritus mortuorum ». Mais nous avons besoin de tout le contexte pour voir que ce sont les mêmes conditions de salut et les mêmes conséquences eschatologiques qu'au chapitre 13 :

---

122. *De civ. Dei*, XXI, 13, CSEL, 40-2, p. 543 ; *ibid.*, 16, CSEL, 40-2, p. 548.
123. Sur le problème de la prédestination en notre auteur, voir l'opinion assez nuancée de B. ALTANER, *Précis de Patrologie*, Paris-Tournai, 1961, p. 590-92 ; de F.J. THONNARD, art. *La prédestination augustinienne et l'interprétation de O. Rottman-ner* dans *Revue des étud. augustin.* IX, 3-4 (1963) 259-287 ; ID., art. *La prédestina-tion augustinienne. Sa place en philosophie augustinienne, ibid.*, X, 2-3 (1964) 97-123 ; et la position assez rigide de V. BOUBLIK, *La predestinazione. S. Paolo e S. Agostino* (*Corona Lateranensis*, 3), Rome, 1961. Contre lui F.J. Thonnard (*art. cit.* 1963) et A. Sage ont défendu avec force l'orthodoxie d'Augustin. Cf. A. SAGE, art. *La pré-destination chez saint Augustin d'après une thèse récente*, dans *Rev. des étud. augustin.*, VI (1960) 31-40 ; ID., art. *Faut-il anathématiser la doctrine augustinienne de la pré-destination ?, ibid.*, VIII-3 (1962) 233-242.
124. « Hinc est universa generis humani massa damnata ; quoniam qui hoc pri-mus admisit, cum ea quae in illo fuerat radicata sua stirpe punitus est, ut nullus ab hoc iusto debitoque supplicio *nisi misericordi* et indebita gratia liberatur atque ita dispertiatur genus humanum, ut in quibusdam demonstretur quid ualeat mise-ricors gratia, et in ceteris quid iusta uindicta ». — Et encore : « Quod si omnibus redderetur, iustitiam uindicantis iuste nemo reprehenderet ; quia uero tam multi exinde liberantur, est unde agantur maximae gratiae gratuito muneri liberantis ». — Cf. *De civ. Dei*, XXI, 12, CSEL, 40-2, p. 541.

« Aussi la raison pour laquelle on ne priera pas alors pour les hommes voués au châtiment du feu éternel, est cette raison même pour laquelle ni maintenant ni alors on ne prie pour les mauvais anges, et c'est encore pour la même raison que dès maintenant on ne prie plus pour les infidèles et les impies défunts, bien que l'on prie pour les hommes. Car, en faveur de certains défunts, la prière de l'Église elle-même ou de quelques hommes pieux est exaucée, mais elle l'est pour ceux qui sont régénérés dans le Christ, dont la vie menée dans le corps n'a été ni si mauvaise qu'ils soient jugés indignes d'une telle miséricorde, ni assez bonne pour qu'ils soient estimés tels qu'une pareille miséricorde ne leur est pas nécessaire ; de même aussi après la résurrection des morts il s'en trouvera auxquels, après les peines que subissent les âmes des morts, sera impartie cette miséricorde qui leur évitera d'être jetés dans le feu éternel. En effet, au sujet de quelques-uns, on ne pourrait dire avec vérité qu'il ne leur est pardonné ni dans le siècle présent, ni dans le siècle futur, s'il n'y en avait auxquels le pardon, même s'il n'est pas accordé en ce siècle, l'est cependant dans le siècle futur »[125].

Divisons ce texte en trois parties. Dans la première, contrairement aux « miséricordieux », Augustin exclut définitivement du salut les infidèles et les impies. Dans la deuxième, il indique la situation actuelle des morts : aujourd'hui, dit-il, certains « pécheurs » peuvent obtenir la miséricorde après la mort, grâce aux suffrages des vivants. Dans la troisième partie enfin, Augustin déclare qu'après la résurrection avant la condamnation du jugement, parmi les « pécheurs » qui endurent aujourd'hui la «condamnation temporaire » quelques-uns seront encore sauvés par la libre *indulgence* de Dieu.

Dans cette dernière partie l'incise « post poenas quas patiuntur spiritus mortuorum » n'a pas le mot « temporarias » mais, il n'y a pas de doute que ce sont les mêmes peines qu'au chapitre 13. En effet ici et là les mêmes observations peuvent être faites : que ces peines ne sont pas dites « purificatrices » ; qu'elles sont à subir avant le jugement final ; que le salut des « pécheurs » qui sont condamnés « temporairement » n'est pas complètement assuré, mais dépend en définitive, de la libre disposition divine ;

---

125. « Eadem itaque causa est cur non oretur tunc pro hominibus aeterno igne puniendis, quae causa est, ut neque nunc neque tunc oretur pro angelis malis ; quae itidem causa est, ut quamuis pro hominibus, tamen iam nec nunc oretur pro infidelibus impiisque defunctis. Nam pro defunctis quibusdam uel ipsius ecclesiae uel quorumdam piorum exauditur oratio, sed pro his, quorum in Christo regeneratorum nec usque adeo uita in corpore male gesta est, ut tali misericordia iudicentur digni non esse, nec usque adeo bene, ut talem misericordiam reperiantur necessariam non habere ; sicut etiam facta resurrectione mortuorum non deerunt quibus post poenas, quas patiuntur spiritus mortuorum, inpertiatur misericordia, ut in ignem non mittantur aeternum. Neque enim de quibusdam diceretur, quod non eis remittatur neque in hoc saeculo neque in futuro (*Matth.* 12, 32), nisi essent quibus, etsi non in isto, tamen remittitur in futuro ». Cf. *De civ. Dei*, XXI, 24, 2, CSEL, 40-2, p. 559 ; trad. *Biblioth. augustin.*, 37, p. 470-73.

et qu'en outre au chapitre 13 comme au chapitre 24 Augustin s'appuie sur *Matth.* 12, 32, pour envisager la rémissibilité de certains péchés après la mort[126].

Pour finir, remarquons, une fois de plus, comment depuis 421 il s'efforce de décrire le rôle des suffrages dans des termes aussi équilibrés que possible.

II. LA GRAVITÉ DES PÉCHÉS DIGNES DE MISÉRICORDE APRÈS LA MORT.

Maintenant il reste à préciser, si possible, le degré de culpabilité de ces chrétiens dignes de jouir encore de la *rémission des péchés* dans l'autre monde et d'être ainsi délivrés de leurs « *peines temporaires* ». La gravité des péchés concernant ces deux thèmes alliés étant la même, nous allons successivement l'examiner dans ce seul point.

Rappelons d'abord l'aspect négatif : d'une façon générale, Augustin n'espère pas de miséricorde pour ceux qui sont morts dans l'infidélité, dans l'impiété et le « crime »[127].

Positivement, l'indulgence ne peut être accordée après la mort qu'à ceux qui, étant baptisés, sont restés dans la communion de l'Église, s'efforçant d'ajuster leurs mœurs à leur foi, et dont la vie en définitive n'a été ni très bonne ni très mauvaise. Augustin revient souvent sur ces données[128].

Mais ici ne nous contentons pas de cette formule générale. Si possible, essayons d'entrer plus avant dans la pensée de l'auteur, pour déterminer de plus près le degré de culpabilité qu'il croit encore digne de miséricorde même après la mort.

Sans nous arrêter à Monique sa mère que, malgré ses appréhensions, il considère après tout comme une sainte femme, voyons plutôt les autres cas.

Dans les *Questions sur les Évangiles*, que nous avons analysées aussi, traitant des manquements à la charité, il déclare irrémédiablement perdus les damnés qui se sont montrés envers les malheureux aussi orgueilleux ici-bas, aussi égoïstes et aussi inhumains que le mauvais riche envers le

---

126. *Matth.* 12, 32, évoque le péché contre l'Esprit Saint, « qui ne peut se remettre ni dans ce monde ni dans l'autre ». Aujourd'hui l'exégèse ne voit plus dans ce logion qu'une expression populaire juive qui signifie de façon globale que de tels péchés ne se pardonnent jamais. — Voir Y. CONGAR, *Le purgatoire*, dans *Le mystère de la mort et sa célébration*, (*Lex orandi*, 12), Paris, 1956, p. 310. — Même pris à la lettre l'aphorisme ne parle pas d'expiation, mais de rémission de péchés. — Effectivement les Orientaux n'y voient pas autre chose non plus. Cf. A. MICHEL, *Les fins dernières*, Paris, 1929, p. 90. — A. Michel y trouve personnellement l'expiation « au sens obvie ». Cf. art. *Purgatoire*, DTC, XIII, 1936, 1171.

127. *De civ. Dei*, XXI, 24 et 27, CSEL, 49-2, p. 559 et 574.

128. Cf. *Conf.* IX, 13, 34 ; *De natura et orig. animae*, I, 9-10 ; *ibid.* III, 9 ; *Serm.* 172, n. 2 : *Enchirid.*, 110 ; *De civ. Dei*, XXI, 24 ; *ibid.*, 27.

pauvre Lazare. A tous les autres, il accorde encore la chance d'être délivrés par l'intercession des saints[129].

Du *sermon* 172 on retire également l'impression qu'hormis les « crimes » tous les autres péchés ne sont pas exclus de la rémission après la mort. Augustin déclare en général que la prière pour les morts est offerte afin que « leurs péchés soient traités avec plus d'indulgence »[130]. Il ne dit nullement qu'il s'agit de péchés légers uniquement. D'ailleurs son aphorisme est, de toute apparence, l'équivalent de la formule de saint Jérôme que nous avons relevée au début, à savoir que pour les chrétiens la « sentence du jugement sera mêlée de miséricorde »[131]. Or, on le sait, même après sa volte-face antiorigéniste, celui-ci continuera à estimer qu'à l'exception des « criminels », pour tous les autres chrétiens même « pécheurs » le juge suprême sera plein de ménagement[132]. Au demeurant, comme on l'a vu, c'est là une conception générale des Pères du 4e-5e siècle[133]. En renonçant à l'exagération de son affirmation Jérôme ne fera que rejoindre ses contemporains auxquels, sur ce point, nous ne voyons aucune raison de soustraire Augustin[134].

De plus, bien que non daté ce sermon réflète chez l'auteur certaines préoccupations semblables à celles qu'on trouve réunies tant dans la trilogie des années 421-23 qu'au livre XXI du *De civitate Dei* : insistance sur l'utilité des suffrages pour les défunts, mais aussi sur un certain mérite à acquérir sur la terre pour en profiter dans l'autre vie. Étayant alors ce dernier point il se réfère à *Gal.* 5, 6 qu'il aime à utiliser contre les « miséricordieux » : ceux qui meurent sans la foi qui opère par la charité, c'est en vain qu'on prierait pour eux. Or dans ses démêlées avec ces derniers, c'est avant tout le « crime » que chaque fois il écarte sans rémission du salut.

Mais en saint Augustin, c'est surtout dans les autres écrits, à l'occasion des longs développements sur la « condamnation » et les « peines temporaires » que va émerger peu à peu l'idée d'un salut qui paraît gravement compromis et qui est finalement rétabli pour quelques-uns après la mort.

Dans les trois hypothèses sur l'action du Christ aux enfers, les pécheurs à délivrer sont enfermés dans le même lieu de tourments que le mauvais riche et la fin de leur condamnation est présentée comme une faveur de la miséricorde du Seigneur.

Mais la difficulté qu'Augustin éprouvait en ce moment, c'était d'étendre cette rédemption à tous les condamnés retenus aux enfers lors du

---

129. Cf. note 83.
130. *Serm.* 172, n. 2, PL, 38, 936 : « ut cum eis misericordius agatur a Domino quam eorum peccata meruerunt ».
131. Cf. note 74.
132. A. MICHEL, art. *Purgatoire*, DTC, XIII, 1936, 1218.
133. H. de LAVALETTE, art. *L'interprétation du psaume* 1, 5 *chez les Pères « miséricordieux » latins*, dans *Rech. de sc. relig.*, 48 (1960) 544-63.
134. Voir, ci-dessus, à la note 116, l'observation de A. Lehaut.

passage du Christ. Dans l'ensemble il opte pour la délivrance de quelques-uns, mais déterminés tour à tour par des critères différents. En 414, dans le *Commentaire sur la Genèse*, le Christ les choisit d'après sa libre prédestination, « quos esse soluendos occulta nobis sua iustitia iudicabat »[135]. En 415, Augustin incline à penser que le Seigneur a délivré les « pécheurs » qui en étaient dignes : « quos illo beneficio dignos iudicavit »[136]. En 417 il trouve même normal que certains « pécheurs » fussent libérés : « ut quibus oportuit subueniret »[137].

En 419, dans son interprétation des apparitions du petit Dinocrate, Augustin suppose que l'enfant a été apostat. Or, à cette époque, l'apostasie comptait parmi les plus grands « crimes »[138]. Et ainsi, d'après les principes mêmes d'Augustin l'enfant aurait dû rester éternellement dans sa condamnation[139]. Mais ici, étant préoccupé avant tout de la question du baptême et, d'un autre côté, n'ayant pas affaire aux « miséricordieux » son attention ne porte pas sur ce point. Au demeurant, la faute commise étant conçue au départ comme une simple hypothèse, il reste dans son esprit une certaine imprécision.

De 421 à 422, dans la problématique de l'aide apportée aux morts par les suffrages des vivants, étant déjà profondément engagé dans la lutte contre les « miséricordieux », Augustin a soin d'écarter sans délai les grands pécheurs, « valde mali ». Mais appréhendant d'autre part les rigoristes, il précise en même temps que ce geste est efficace pour sortir les autres pécheurs des peines de leur « condamnation »[140].

Ainsi, depuis les *Questions sur les Évangiles*, les indices de la pensée augustinienne convergent-ils dans le même sens. Mais c'est dans le *De civitate Dei* qu'elle atteint son plein développement.

Si certains péchés qui ne sont pas remis dans ce monde ne l'étaient pas dans l'autre, nous dit-on au chapitre 13 du livre XXI, leurs auteurs seraient condamnés au feu de la Géhenne au jour du jugement[141].

---

135. Cf. note 93.
136. Cf. note 94.
137. Cf. note 95.
138. C. VOGEL, *Le péché et la pénitence*, dans *Pastorale du péché*, Tournai, 1961, p. 172-184.
139. Augustin s'oppose toutefois à ceux qui désespèrent du salut des « criminels » déjà de leur vivant : « Nonnullis videtur eos tantummodo peccare in Spiritum sanctum, qui lavacro regenerationis abluti in Ecclesia, et accepto Spiritu sancto, velut tanto postea dono Salvatoris ingrati, mortifero aliquo peccato se immerserint : qualia sunt vel adulteria, vel homicidia, vel ipsa discessio, sive omni modo nomine christiano, sive a catholica Ecclesia. Sed iste sensus unde probari possit, ignoro : cum et poenitentiae quorumque criminum locus in Ecclesia non negetur ; et ipsos haereticos ad hoc utique corripiendos dicat apostolus ». Cf. *De verbis Evangel. Matth.* 12,32, *Serm.* 71, PL, 38, 448.
140. Cf. note 115.
141. *De civ. Dei*, XXI, 13, CSEL, 40-2, p. 543.

Et au chapitre 24 : « de même aussi après la résurrection des morts il s'en trouvera auxquels, après les peines que subissent les âmes des morts, sera impartie cette miséricorde qui leur évitera d'être jetés dans le feu éternel »[142].

Au chapitre 27, après avoir exclus les scélérats, Augustin affirme que les chrétiens dont il parle à cet endroit sont sauvés après la mort, grâce à l'intercession des saints. Abandonnés à eux-mêmes, ils se damneraient éternellement : « Aussi y a-t-il un certain genre de vie, ni si mauvais qu'il rende inutile pour ceux qui le mènent, la libéralité de l'aumône en vue d'acquérir le royaume des cieux, aumône qui soutient les justes en leur dénûment et crée des amis qui accueilleront dans les tabernacles éternels ; ni si bon non plus qu'à lui seul il puisse leur suffire pour atteindre à une si grande béatitude sans qu'ils n'obtiennent miséricorde par les mérites de ceux qu'ils ont faits leurs amis »[143]. Plus bas, au même chapitre 27, au sujet du même genre de défunts, Augustin répète un enseignement identique[144].

Toutes ces citations, avec ce qui précède, conduisent à une double conclusion. La première est que : sans la rémission accordée par la miséricorde divine dans l'autre monde, ces péchés dont on parle seraient capables par eux-mêmes de précipiter leurs auteurs dans le feu et le supplice éternels. Et l'autre, solidaire de la première, permet de dire que même aux yeux d'Augustin des péchés capables d'un tel effet sont probablement des *péchés graves*[145].

---

142. *De civ. Dei*, XXI, 24, CSEL, 40-2, p. 559 : « Sicut etiam facta resurrectione mortuorum non deerunt quibus... inpertiatur misericordia, ut in ignem non mittantur aeternum. Neque enim de quibusdam ueraciter diceretur, quod non eis remittatur neque in hoc saeculo neque in futuro, nisi essent quibus, etsi non in isto, tamen remittatur in futuro » ; trad. *Biblioth. augustin.*, 37, p. 473.
143. *De civ. Dei*, XXI, 27, CSEL, 40-2, p. 579 : « Est itaque quidam uitae modus nec tam malae, ut his qui eam uiuunt nihil prosit ad capessendum regnum caelorum largitas elemosynarum, quibus etiam iustorum sustentatur inopia et fiunt amici qui in tabernacula aeterna suscipiant, nec tam bonae, ut ad tantam beatitudinem adipiscendam eis ipsa sufficiat, nisi eorum meritis, quos amicos fecerint, misericordiam consequantur » ; trad. *Biblioth. augustin.*, 37, 515.
144. *De civ. Dei*, XXI, 27, CSEL, 40-2, p. 580 : « uerum ista liberatio quae fit siue suis quibusque orationibus siue intercedentibus sanctis, id agit ut in ignem non mittantur aeternum, non ut, cum fuerit missus, quantumcumque inde tempus eruatur » ; trad. *Biblioth. augustin.*, 37, p. 517-19.
145. C'est la même conclusion que propose E.F. Durkin. Expliquant la nature de ces péchés dont le *De civ. Dei*, XXI, 27 in fine dit qu'ils empêchent normalement l'entrée du Royaume, sauf intervention des saints ou des vivants, il note : « He is especially careful to show that any deliverance effected through the intercession of saintly friends will most certainly not take place one a man has been cast into hell. But whether such sins are to be remitted only in this life or in the next as well is not perfectly clear. It seems, however, that they may be forgiven after death. — Enough has been said already in this brief discussion to indicate our concern for what might be called an '' intermediate '' type of sin. The sins in question here are of their nature mortal ; they prevent the sinner's entrance into the kingdom of God. And yet, as *remissibilis* they resemble the slight sins not yet atoned for in this life... ''. — La

Par ailleurs, alors que sur les « crimes » et les péchés « menus » l'auteur a des idées très nettes quant à leur nature, leur mode de rémission et leur sanction[146], ici sur la classe intermédiaire il manifeste beaucoup d'hésitations. Certes, il sait, par exemple, que ces péchés sont assez graves pour entraîner la damnation éternelle, et qu'après la mort ils peuvent être remis par la miséricorde divine sur l'intervention des vivants et des saints, mais il n'ose pas déterminer avec précision ni leur nature ni leur liste concrète[147].

Comme il l'avoue lui-même, c'est depuis longtemps qu'il hésite à donner toutes les précisions désirables sur ce genre de péchés qui empêchent le chrétien de se sauver sans le secours d'autrui[148]. Vers 415, à propos de la descente du Christ aux Enfers, il évoquait déjà le problème dans des termes presque identiques[149].

***

En conclusion, à l'exclusion de l'infidélité, de l'impiété et du « crime », Augustin paraît envisager, surtout dans le *De civitate Dei*, la rémissibilité de *certains péchés graves* dans l'autre monde. Par contre, dans ce pardon, aucune mention n'est faite du péché léger ni comme objet exclusif ni comme objet principal. En un mot d'après le point de vue augustinien qu'on vient de voir, le sort posthume des chrétiens qui ne sont ni très bons ni très mauvais pourrait se définir comme étant le statut de ceux qui ont encore le *besoin* et la *capacité* de jouir de la miséricorde de Dieu après la mort.

En d'autres mots, bien que rémissibles, les péchés dont il s'agit, sont tout de même d'une gravité telle qu'il faut encore le secours des hommes et de la miséricorde de Dieu pour s'en délivrer après la mort.

---

suite continue dans ce sens. Cf. E.F. DURKIN, *The theological distinction of sins in the writings of st. Augustine*, Mundelein, (Illinois, U.S.A.), 1952, p. 38.

Qu'Augustin envisage, hormis le « crime », la rémissibilité de certains péchés graves après la mort ne doit pas nous étonner ni nous scandaliser. La théologie morale de son époque n'est pas parfaitement la même que celle des modernes. Dans d'autres domaines on est parvenu à des conclusions analogues. Pour les dispositions requises à la Communion, p. ex., commentant une étude de P. BROWE sur la période allant du 6e au 9e siècle, D.A. Tanghe conclut : « il a fait remarquer à cette occasion que la communion elle-même aide à effacer les péchés. Il cite quelques textes intéressants à l'appui, en précisant qu'il ne s'agit pas seulement de péchés véniels ». Cf. D.A. TANGHE, art. *L'Eucharistie pour la rémission des péchés*, dans *Irénikon*, 2 (1961) 166.

146. Pour quelques indications sur ces questions, voir, p. ex., M. HUFTIER, *Péché mortel et péché véniel*, dans *Théologie du péché (Biblioth. de théologie, s. 2, 7)*, Tournai, 1960, p. 172-184.

147. *De civ. Dei*, XXI, 27, CSEL40-2, p. 580.

148. *De civ. Dei*, XXI, 27, CSEL, 40-2, p. 580.

149. *Epist. ad Evodium*, 164, 3-4, CSEL, 44, p. 524.

Dans cette délivrance enfin, la volonté divine l'emporte sur l'intervention humaine, puisqu'après tout c'est à Dieu de décider librement et souverainement du salut ou de la perte éternelle des « pécheurs » qui endurent les « peines temporaires » après cette vie. Ce mystère des rapports entre la miséricorde et la justice divine, joint à une certaine imprécision de la théologie du péché à cette époque, explique sans doute l'incertitude et l'ambivalence de la condition des chrétiens « pécheurs » après la mort, dans la perspective augustinienne[150].

A part le cas spécial des âmes que le Christ aurait libérées directement à sa descente aux enfers, Augustin ne localise guère les autres « condamnés » que les suffrages des hommes peuvent aider à sauver. Vu, dans ces questions, les divagations et les abus de certains de ses contemporains, il est probable qu'une fois l'essentiel assuré, par prudence et par modération, Augustin a préféré la discrétion. Il nous laisse entendre seulement que ces âmes sont sous le coup d'une grave condamnation et, si on ne les aide, elles sont en danger de se perdre pour toujours[151].

C. — L'EXPIATION DES MORTS EUX-MÊMES PAR LE FEU PURIFICATEUR.

Alors que dans les thèmes précédents le salut des morts est attendu de la prière des vivants, dans celui du feu purificateur au contraire leur délivrance dépend de leur propre expiation.

Autre caractéristique. Chronologiquement, dans l'interprétation de I *Cor.* 3, 10-15, Augustin a d'abord placé le feu purificateur à la fin des temps. Et c'est seulement par un deuxième et un troisième mouvement de

---

150. Si Augustin s'était tenu aux thèmes de la rémission des péchés et des « peines temporaires », il y aurait peu de différence entre l'Orient et l'Occident. Mais c'est son idée d'un feu expiateur et purificateur entre la mort et la résurrection, idée reprise et répandue après lui par saint Grégoire le Grand en Occident, qui va dérouter plus tard les Orientaux au concile de Florence. Cf. Y. CONGAR, *Le Purgatoire*, dans *Le mystère de la mort et sa célébration* (*Lex orandi*, 12), Paris, 1956, p. 299-308.
Voici comment A. Michel présente l'ensemble de la position orientale : « En résumé, dit-il, les âmes dès leur arrivée dans l'autre vie, sont justes ou pécheresses, et par conséquent destinées au ciel ou à l'enfer. Mais parmi les âmes pécheresses deux catégories sont à distinguer, non en raison du lieu où elles se trouvent mais en raison de leur état moral. Les âmes qui sont mortes dans le péché mais sans désespérer de la miséricorde divine, forment la catégorie des âmes « moyennes » que Dieu, à cause des suffrages des vivants, tirera un jour ou l'autre de l'enfer pour les placer au ciel. Ainsi se concilie la négation du purgatoire et l'affirmation de l'efficacité des prières pour les défunts ». Cf. A. MICHEL, *Les fins dernières*, Paris, 1929, p. 94. Ces conceptions sont analogues aux thèmes qu'on vient d'étudier en saint Augustin, avec cette nuance près, que celui-ci ne se prononce pas clairement sur le « lieu » des âmes « pécheresses », ni sur une distinction éventuelle en ce qui concerne leur état moral ou leur salut final. Une fois les « criminels » exclus, c'est à Dieu de décider du sort des autres coupables que sont les « pécheurs ».
151. En un mot on peut dire que la prière pour les morts est faite pour le salut de ces âmes.

retour que sa pensée se portera ensuite vers l'expiation en ce temps ainsi que dans l'intervalle entre la mort et la résurrection.

I. Le thème de l'expiation des péchés par le feu purificateur du jugement.

En raison des divers aspects qu'on vient d'annoncer, nous dirons chaque fois si le feu est réel ou métaphorique. En même temps, surtout à partir de 413 nous assisterons à l'amorce d'un sens métaphorique spécial : Augustin va voir dans le feu annoncé dans 1 *Cor.* 3, 10-15 la tristesse éprouvée ici-bas à la perte des objets légitimes qu'on a aimés trop ardemment.

1. *La doctrine du feu purificateur du jugement, chez saint Augustin.*

Dans le *serm.* 50, 6, contre les manichéens Augustin affirme que les richesses de la terre sont bonnes si on en fait un bon usage. Mais par-dessus tout il faut rechercher les vrais biens, ceux qui ne sont pas de ce monde et qui nous délivreront de notre indigence réelle. Ce sont là les œuvres, dit-il, que mentionne l'Apôtre en 1 *Cor.* 3, 12a et qu'il désigne par l'or, l'argent et les pierres précieuses. C'est le trésor que l'homme sage va cacher dans un champ, comme l'a dit le Seigneur lui-même en *Matth.* 13, 44[152]. Toutefois Augustin ne donne pas encore d'exemples concrets sur ces œuvres que l'apôtre désigne par l'or, l'argent et les pierres précieuses.

Un peu plus tard, dans les *Questions sur les évangiles*, il annonce que l'or, l'argent et les pierres précieuses seront purifiés par le feu à la fin des temps. Mais cet or et cet argent, c'est l'Église. Quand Pierre implore le Seigneur pour qu'il ne soit pas submergé, il signifie par là, dit-il, qu'à la fin du monde, après la dernière persécution, l'Église subira encore d'autres tribulations pour se purifier pleinement. C'est d'ailleurs ce que l'Apôtre laisse entendre aussi en disant : « Il sera sauvé certes, mais comme à travers le feu »[153].

Dans son interprétation du *Ps.* 1 l'auteur cite littéralement 1 *Cor.* 3, 13-15. Le jugement, déclare-t-il, est une épreuve réservée uniquement aux « pécheurs », les « impies » étant condamnés d'avance[154].

Commentant le *Ps.* 6, 2 : « Domine, ne in ira tua corripias me, nec in furore tuo arguas me », Augustin affirme que celui qui est repris, « corripias », sera certainement sauvé. Et au jour du jugement tous ceux qui

---

152. *Serm.* 50, 6, 9, PL, 38, 330.
153. *Quaest. Evangel.*, I, 15, PL, 35, 1326.
154. « Impii non resurgunt in iudicio. Id est, resurgent quidem, sed non ut iudicentur, quia iam poenis certissimis destinati sunt, peccatores autem non resurgunt in consilio iustorum, id est ut iudicent sed forte ut iudicentur, ut de his dictum sit : Vniuscuiusque opus quale sit, ignis probabit ; si cuius opus manserit, mercedem accipiet ; si cuius autem opus exustum fuerit, detrimentum patietur ; ipse autem saluus erit, sic tamen quasi per ignem ». Cf. *Enarr. in Ps.* 1, 5, CCL, 38, p. 3.

n'ont pas le Christ comme fondement seront condamnés. Ceux qui ont ce fondement, mais qui construisent là-dessus du bois, du foin et de la paille seront corrigés et purifiés. Ils se sauveront, mais comme à travers le feu. En réalité donc, le *Ps.* 6 n'est qu'une occasion, Augustin fondant ici l'existence du feu du jugement sur 1 *Cor.* 3, 15[155].

C'est le même cas au *Ps.* 37. A cause du verset 2 qui est parallèle à celui du *Ps.* 6 Augustin est forcé de recourir de nouveau à 1 *Cor.* 3, 15 dont il fournit un commentaire encore plus développé qui annonce les longs exposés des années 413 à 426. On sent déjà que la doctrine du feu purificateur attire maintenant l'attention de son peuple, puisqu'à l'entendre, ce feu n'étant pas éternel quelques-uns commencent à le mépriser. Mais ce à quoi l'évêque se heurte encore ici, c'est plus à une attitude pratique qu'à une exégèse théorique, comme ce sera dans le *De fide et operibus*, l'*Enchiridion* et le *De civitate Dei*[156].

En tout cas lui-même demande d'être purifié en cette vie pour ne plus l'être dans l'autre. Il désire ressembler à ceux qui ont construit en or, etc. pour n'avoir à craindre ni le feu éternel qui engloutira les impies ni le feu qui châtiera et purifiera ceux qui ont construit en bois, en foin et en paille, car ce feu sera également redoutable[157].

Dans le *De Genesi contra Manichaeos*, écrit en 398, comme dans les écrits qu'on vient de parcourir, on ne remarque aucun signe de controverse. D'autre part, ici en particulier, on ne voit pas à quel texte biblique Augustin se réfère quand il déclare : « Et post hanc vitam habebit, vel ignem purgationis vel poenam aeternam »[158]. De toute manière il conseille de se faire violence en cette vie pour que dans l'autre on n'ait à souffrir ni du feu éternel ni de la morsure du feu purificateur. Vers la même époque, dans les *Adnotationes in Job*, à partir de 1 *Cor.* 3, 14 il énonce encore l'idée

---

155. « Arguuntur autem in die iudicii omnes qui non habent fundamentum quod est Christus. Emendantur autem, id est purgantur, qui huic fundamento superaedificant lignum, fenum, stipulam ; detrimentum patiuntur, sed salui erunt tamquam per ignem ». Cf. *Enarr. in Ps.* 6, 3, CCL, 38, p. 29.

156. « Ut in hac uita purges me, et talem me reddas, cui iam emendatorio igne non opus sit, propter illos qui salui erunt, sic tamen quasi per ignem. Quare, nisi quia hic aedificant supra fundamentum ligna, fenum, stipulam ? Aedificarent autem aurum, argentum, lapides pretiosos, et de utroque igne securi essent ; non solum de illo aeterno qui in aeternum cruciaturus est impios, sed etiam de illo qui emendabit eos qui per ignem salui erunt. Dicitur autem : Ipse autem saluus erit, contemnitur ille ignis. Ita plane quamuis salui per ignem, grauior tamen erit ille ignis, quam quidquid potest homo pati in hac uita ». Cf. *Enarr. in Ps.* 37, 3, CCL, 38, p. 384.

157. Voir note 156.

158. « Qui enim coluerit agrum istum interius et ad panem suum quamvis cum labore pervenerit, potest usque ad finem vitae hujus hunc laborem pati : post hanc autem vitam non est necesse ut patiatur. Sed qui forte agrum non coluerit et spinis eum opprimi permiserit, habet in hac vita maledictionem terrae suae in omnibus operibus suis et post hanc vitam habebit, vel ignem purgationis vel poenam aeternam. Ita nemo evadit istam sententiam : sed agendum est ut saltem in hac tantum vita sentiatur ». Cf. *De Genesi contra Manich.*, XX, 30, PL, 34, 212.

qu'à la fin des temps la rétribution sera conforme aux œuvres de chacun ici-bas. Mais c'est une remarque faite en passant[159].

Dans le *Sermon* 362, parlant de la résurrection il commente un instant I *Cor.* 3, 12-14. Il semble qu'en ce moment la situation parmi ses ouailles se détériore de plus en plus. A présent, ce n'est plus seulement le feu purificateur qui est traité à la légère, mais même le feu de l'enfer[160].

Dans l'*Enarratio in Ps.* 103, *serm.* 3, 5, l'atmosphère est nettement anti-hérétique et antischismatique, sans qu'on voie d'ailleurs à quelles hérésies ni à quels schismes le prédicateur s'en prend concrètement. Les fidèles et les évêques « charnels » deviennent des fauteurs de schismes et d'hérésies qui les séparent finalement de l'Église. Quant à ceux qui parmi eux demeurent malgré tout dans son giron, ils courent à chaque instant le risque d'être entraînés et séduits par les hérétiques. Certes quelques-uns pourront persévérer dans l'orthodoxie jusqu'à la mort. Mais Augustin voit alors dans la flamme qui traverse le sacrifice d'Abraham[161] le feu qui fera, dans l'Église, le départ entre les élus et les réprouvés. Les uns iront à droite et les autres à gauche. Mais les élus qui auront été « charnels » ne se sauveront pas sans expier d'abord dans ce brasier. Ayant construit les amours séculières sur le fondement de leur foi, bien qu'ils aient gardé la première place au Christ, ils seront sauvés certes, mais « comme à travers le feu »[162].

Au *Ps.* 29 dont on situe le commentaire après 411, bien que le feu soit métaphorique, on ne sent pas encore de préoccupation contre les « miséricordieux ». Son explication a d'ailleurs abondé dans ce sens sous l'influence de *Job* 7, 1 qu'il lit : « Nonne tentatio est vita humana super terram ». Le feu dont parle l'apôtre, explique-t-il, c'est le feu de la tribulation et de l'épreuve, « ignis tribulationis et tentationis ». Et ceux qui sont patients dans les tribulations construisent de l'or. Ceux qui sont plongés dans l'amour des choses du siècle, dans les préoccupations terrestres, et sont liés d'une affection charnelle à leurs maisons, à leurs possessions, mais sans les préférer au Christ, ceux-là construisent du bois, du foin et de la paille. Ils expieront dans les tribulations terrestres, ainsi que dans celles du martyre et de la fin du monde[163].

---

159. *Adn. in Job.*, 38, PL, 34, 878.
160. *Serm.* 362, 8-9 ; 10, PL, 39, 1616-17.
161. *Genes.* 15, 9-17.
162. « Sunt ergo quidam carnales, et tamen ecclesiae gremio continentur, uiuentes secundum quemdam modum suum, quibus timemus ne seducantur ab haereticis ; quamdiu enim carnales sunt, diuisibiles sunt. ...Sed quicumque talis permanserit, et secundum quemdam modum uitae aptum carnalibus, et de gremio ecclesiae non recesserit, et non fuerit seductus ab haereticis, ut ex contraria parte diuidatur, ueniet caminus, et ad dexteram poni sine camino non poterit. Sed si caminum pati non uult, pergat turturem et columbam ». Cf. *Enarr. in Ps.* 103, *serm.* 3, 5, CCL, 40, 1504 ; cf. aussi *De civ. Dei*, XVI, 24, CSEL, 40-2, p. 165-170.
163. *Enarr. in Ps.* 29, *serm.* 2, 9, CCl, 38, p. 180-181.

Dans le *De Gestis Pelagii* (417), bien qu'Augustin fasse son commentaire après 413, ayant affaire ici à l'erreur pélagienne on ne sent pas le climat créé par la crise « miséricordieuse ». Pélage affirmait : « Au jour du jugement les scélérats et les pécheurs ne seront pas épargnés, mais seront dévorés par le feu éternel ». Ce disant il invoquait *Matth.* 25, 46 qui annonce que les pécheurs iront au feu éternel. Augustin rétorque en demandant d'excepter les pécheurs qui ont construit le bois, le foin et la paille[164].

Bien que postérieur aussi à 413 le commentaire d'Augustin sur le feu purificateur dans le *De civiate Dei*, XX, 25-26 échappe également à la nouvelle tournure qu'a prise l'exégèse augustinienne. L'auteur s'y arrête encore longuement et sans discussion sur le feu purificateur du jugement dont il justifie ici l'existence par *Mal.* 3, 3 et *Is.* 4, 4. En recourant à ces autorités bibliques il ne fait que reprendre la tradition des Origène et des Ambroise, comme il l'a fait pour 1 *Cor.* 3, 10-15[165]. A notre connaissance il n'y a pas d'autre endroit où Augustin se soit attardé à ce point sur l'évocation du feu purificateur. Probablement, parce que là il ne voyait aucun danger, *Mal.* 3, 3 et Is 4, 4 n'étant pas sollicités par les « miséricordieux » comme l'était 1 *Cor.* 3, 10-15[166].

L'explication donnée sur 1 *Cor.* 3, 12-15 au *Ps.* 80 révèle au contraire que quelque chose a changé. Elle est déjà plus complexe et revêt toutes les caractéristiques de la lutte contre les « miséricordieux ». Les mots sont durs à l'endroit de l'adversaire qui est accusé de favoriser les crimes (nefaria) dans l'Église. De même, à l'instar des autres écrits dirigés contre cette erreur, ici aussi avant d'entreprendre son commentaire Augustin avoue d'abord l'obscurité de ce texte. A cet endroit son exégèse personnelle est arrivée à un tournant et parmi les sens proposés par Origène, elle va préférer de plus en plus celui qui donne le moins de prise aux interprétations « miséricordieuses », le sens métaphorique. C'est ainsi qu'en cette Enarratio, après s'être attardé au n. 20 sur le feu du jugement, au n. 21 on voit l'auteur passer brusquement au feu métaphorique des tribulations terrestres[167]. Et plus précisément, ce n'est plus une tribulation extérieure, mais comme dans ses grands commentaires contre les « miséricordieux », il y voit maintenant une souffrance psychologique,

---

164. *De Gestis Pelagii*, 9, PL., 44, 325 : « In die judicii iniquis et peccatoribus non esse parcendum, sed aeternis eos ignibus exurendos ».

165. Avec la différence qu'Augustin refuse énergiquement la purification des chrétiens « criminels ».

166. « Proinde quia post iudicium, cum fuerint etiam igne mundati, qui eius modi mundatione sunt digni... Deinde propter eos, qui non mundatione, sed damnatione sunt digni : Et accedam, inquit, ad uos in iudicium... ». Cf. *De civ. Dei*, XX 26, CSEL, 40-2, p. 500 — Et plus haut : « numquid dicturus est quispiam hoc fidei tempus illi fini coaequandum, quando igne iudicii nouissimi mundabuntur, qui offerant hostias in iustitia ? » Cf. *Ibid.*, p. 499.

167. Plus loin, nous verrons comment, sous les mêmes préoccupations, il va promouvoir l'hypothèse d'un feu purificateur entre la mort et la résurrection.

notamment la tristesse que cause la perte des biens qu'on a aimés d'une affection « charnelle ». Bref, nous n'avons pas ici l'hypothèse d'un feu purificateur entre la mort et la résurrection, comme dans les autres écrits datant des années 413 à 426, mais nous sommes dans la même atmosphère[168].

En 419-20, dans les *Quaestiones in Heptateuchum*, Augustin ne comprend pas pourquoi Achar condamné par Dieu à être brûlé, fut livré par Josué plutôt à la lapidation. Pour justifier ce dernier Augustin pense que le feu est à entendre ici au sens métaphorique. Finalement il croit qu'il est possible aussi que tout en le punissant ici-bas Dieu ait voulu sauver Achar dans l'autre monde. Ce « feu » signifie ici une peine rigoureuse, expiatrice et purificatrice, dit-il. Pour montrer qu'une telle peine mérite le nom de « feu » Augustin en appelle à trois autorités scripturaires : à *Deut.* 4, 20 ; à *Lev.* 13, 52 et aussi à 1 *Cor.* 3, 15. Mais se rappelant sans doute la querelle avec les « miséricordieux », après cette dernière citation, il se hâte de dire qu'on ne doit pas abuser de ce logion paulinien pour tranformer le feu éternel de l'enfer en un simple feu transitoire[169]. Au *Ps.* 118 dont le commentaire est postérieur à 420, sa brève interprétation de 1 *Cor.* 3, 15 est probablement métaphorique aussi[170].

D'une manière générale, sur les propriétés de ce feu eschatologique, Augustin est plus sobre que ses prédécesseurs. Dans les *Questions sur les Evangiles*, les tribulations qui s'abattront sur l'Église sont considérées comme un feu purificateur[171]. Le feu de l'*Enarratio in Ps.* 1 représente probablement le feu de la colère de Dieu. Sans être nié, le caractère purificateur de ce feu n'est pas souligné. Il apparaît surtout comme probatoire, « probabit », et expiateur « patiatur ». Toutes ces propriétés sont énoncées plus qu'elles ne sont expliquées. Même sobriété dans le commentaire du *Ps.* 6. Là également c'est comme en passant que le feu du jugement est déclaré feu purificateur, « emendatorius ignis », « emendantur autem, id est purgantur »[172].

C'est seulement au *Ps.* 37 qu'Augustin déroge quelque peu à sa discrétion. Contre ceux qui accepteraient trop allègrement l'expiation future par le feu, quitte à profiter de la vie présente, Augustin insiste sur le fait qu'on ne doit pas se leurrer, la peine infligée par ce feu sera plus rigoureuse que n'importe quelle souffrance terrestre. On doit donc demander à Dieu d'être corrigé ici-bas pour ne pas être châtié à la fin des temps[173].

D'après le *De Genesi Contra Manichaeos*, le feu du jugement sera cruel pour ceux qui auront encore à expier après cette vie, « post hanc vitam

---

168. *Enarr. in Ps.* 80, 20 et 41, CCL, 39, p. 1131-1134.
169. *Quaest. in Hept. VI*, 9, CSEL, 28, p. 426-27.
170. *Enarr. in Ps.* 118, *serm.* 25, 3, CCL, 40, p. 1749.
171. Cf. note 153.
172. Cf. note 155.
173. Cf. note 156.

ut patiatur ». Dans l'esprit de l'auteur, cette peine étant expiatrice son résultat sera la purification de l'âme, « ignis purgationis ». Dans cette perspective on obtient ainsi une espèce de corrélation : expiateur, le feu du jugement sera par là même un feu purificateur[174].

Dans le *Sermon 362*, où Augustin s'étonne de l'inconscience de plusieurs de ses fidèles, il souligne très fort le caractère pénible et expiateur du feu du jugement. On dirait qu'en réaction il voudrait même « objectiver » ce feu[175].

Au *Ps. 103, serm. 3, 5,* la note dominante du feu du jugement, c'est son rôle discriminatoire. C'est dû sans doute à l'association de 1 *Cor.* 3, 15 à *Gen.* 15, 9-17. Ce feu, déclare Augustin, viendra séparer définitivement parmi les « pécheurs » dans l'Église, ceux qui seront sauvés et ceux qui seront abandonnés à leur perte[176]. Au *Ps.* 29, c'est surtout le martyre et les souffrances de la fin du monde qui joueront le rôle expiateur[177]. Dans le *De Gestis Pelagii*, l'auteur dit seulement que certains pécheurs seront sauvés à travers le feu, mais ne s'arrête pas aux propriétés de celui-ci[178].

Comme on l'a noté déjà, nulle part Augustin n'insiste autant sur l'effet purificateur du feu du jugement qu'aux chapitres 25-26 du *De civitate Dei*, XX. On peut ajouter ici que les textes mêmes de *Malachie* et d'*Isaïe* l'y forcent en quelque sorte. Le mot est répété par Augustin sous toutes ses formes : « igne mundati », « mundatione digni », « mundabuntur ». Par ailleurs nous ne trouvons plus trace de l'explication dialectique d'Origène qui attribue la purification des péchés légers à « l'eau » et celle des péchés graves au « feu », selon une lecture disjonctive d'*Is.* 4, 4 qui parle tour à tour de « lauabit sordes » et de « emundabit spiritu combustionis ». Après Augustin, l'élément « feu » prendra dans la description du sort posthume des âmes « imparfaites » une importance grandissante[179]. A côté du « feu » purificateur, Augustin parle aussi en général des « peines » purificatrices du jugement, « purgatorias poenas ». Dans ce passage on ne voit pas très bien si dans son esprit les deux coïncident adéquatement[180].

Au *Ps.* 80, les « miséricordieux » présentent le feu du jugement comme un feu purificateur, « et si purgor, per ignem saluus ero », « ego per ignem purgor »[181]. Sur ce point Augustin ne leur manifeste aucune opposition. La discussion portant surtout sur la gravité des péchés à purifier. Dans les

---

174. Cf. note 158.
175. Cf. note 160.
176. Cf. note 162.
177. Cf. note 163.
178. Cf. note 164.
179. Pourtant sous l'influence de l'eschatologie du nord, on verra surgir quelquefois l'épreuve de l'eau glacée, Cf., p. ex., VENERABILIS BAEDAE, *Opera historica, Historia ecclesiastica*, V, 12, édit. PLUMMER, p. 306-309.
180. *De civ. Dei*, XX, 25-26, CSEL, 40-2, p. 495-501.
181. *Enarr. in Ps.* 80, 20, CCL, 39, p. 1132.

Quaestiones in Heptateuchum l'intérêt du commentaire est d'ordre termi-nologique. Il a ici l'expression « igni cremari » que nous retrouvons dans le *De civitate Dei*, XXI, 26. Et il emploie lui-même les mots « expiation » et « purification » qu'il oppose à la peine du feu éternel : « peccatum... expiatum » ; « peccatum... purgatum »[182].

Maintenant, il reste à discuter dans quelques textes particuliers, à quel moment Augustin situe exactement le feu dont il parle. Les *Quaestiones in Evangelium* 1, 15 placent les tribulations purificatrices de l'Église à la fin du monde, après la dernière persécution des temps eschatologiques[183]. En général les autres textes ne présentent aucune difficulté, il s'agit du feu du jugement ou d'une souffrance quelconque à placer à la fin des temps. Mais ce n'est plus aussi clair quand on en vient aux commentaires sur les *Ps*. 6 et 37 et sur *la Genèse*[184]. Bien des auteurs les classent tout simplement parmi les témoignages de la doctrine du feu du *purgatoire*, entendu comme un feu situé entre la mort et la résurrection[185].

Or, vu de près, on trouve que pour les deux premiers du moins, le contexte du jugement final est clair. Au *Ps*. 6, Augustin lui-même le dit : « Arguuntur autem in die judicii ». Au *Ps*. 37 l'ambiance du jugement apparaît également, puisqu'Augustin met son commentaire en connexion avec *Matth*. 25, 34. 41 : « Ite in ignem aeternum », « venite, benedicti, etc... ».

Le seul passage où l'auteur ne précise pas assez s'il est question de subir le feu purificateur, au jugement ou tout de suite après la mort, c'est celui de son commentaire sur la *Genèse*, où il demande qu'on accepte généreuse-ment la peine qui nous fut infligée en Adam. Mais il est de bonne exégèse d'interpréter cet endroit comme les deux précédents. Car ce sont des commentaires qui semblent avoir été faits à la même époque et dans un même état d'esprit. L'expression « post hanc vitam » comme d'ailleurs l'expression « post mortem » n'est pas décisive en faveur du purgatoire, car Augustin oppose souvent cette vie à toute l'eschatologie prise dans son ensemble. Il suffit de comparer avec l'*Enarratio in Ps*. 37 que nous ve-nons de voir.

Dans le *De civitate Dei* il convient de relever, plus particulièrement au sujet du feu purificateur, l'insistance sur « ante iudicium » que nous avons signalée à propos des « peines temporaires ». Au commentaire sur les *Ps*. 1, 6 et 37, de même qu'au livre, XX chapitres 25 et 26 du *De civi-tate Dei* où Augustin ne semble pas viser directement les « miséricordieux », il se limite à dire que la purification par le feu aura lieu au jour même du

---

182. Cf. note 169.
183. Cf. note 153.
184. Sans qu'on doive l'accuser de modernisme à cet endroit, J. Turmel constate aussi qu'il s'agit du feu du jugement. Cf. J. TURMEL, *Histoire de la théologie positive, depuis l'origine jusqu'au concile de Florence*, Paris, 1904, 195-196, note 5.
185. A. MICHEL, art. *Purgatoire*, DTC, XIII, 1936, 1222 ; P. BERNARD, art. *Purgatoire*, dans *Dict. apologétique de la foi cath.*, IV, 4 édit., 1928, 508.

jugement « igne iudicii ». Ce « jour » s'étend de la résurrection à la sentence finale du Juge souverain. Suivant Augustin cette durée n'est pas à supputer d'après nos mesures humaines : devant Dieu, mille jours sont comme un jour et un jour comme mille[186]. Mais arrivé au livre XXI où la dernière offensive est déclenchée contre les Platoniciens, les Origénistes et les « miséricordieux », Augustin répète comme un refrain qu'après la condamnation par la sentence définitive du jugement, il n'y aura plus de salut ni de purification à espérer[187].

Cette position est en rupture nette avec celle des « miséricordieux ». Ceux-ci préconisent en effet la prolongation du feu purificateur jusqu'au-delà du jugement dernier. A la charge des « miséricordieux » en général Augustin porte d'ailleurs cette accusation significative : « liberationem ab aeterno igne promittunt »[188].

En ceci, malgré les apparences, l'intention première d'Augustin n'est pas de s'attaquer avant tout à toute purification après le jugement[189]. De soi son « ante iudicium » est plutôt dirigé contre la réduction du feu de l'enfer à un simple feu transitoire et, contre la négation, à la limite, de l'éternité même de l'enfer[190].

Il n'empêche que cette violente réaction contre la purification par le feu de *l'enfer* va enrayer toute idée de purification après le jugement. Ceci va provoquer peu à peu le reflux du feu purificateur vers l'eschatologie individuelle. Cette évolution sera principalement accomplie avec saint Grégoire le Grand[191].

Ce qui amènera comme conséquence le rapprochement de ce thème avec la doctrine des suffrages pour les morts, alors qu'en saint Augustin lui-même ces éléments sont encore distincts. De plus, contrairement à ce qu'on trouve dans les thèmes vus précédemment, la théologie augustinienne des suffrages pour les morts ne s'élabore pas ici dans le cadre de la doctrine du feu purificateur du jugement. L'auteur dit seulement que, par ses bonnes œuvres, l'intéressé lui-même peut encore de *son vivant*

---

186. *De civ. Dei*, XX, 18, CSEL, 40-2, p. 469.
187. *De civ. Dei*, XXI, 13 et 16, CSEL, 40-2, p. 543 et 548.
188. *De civ. Dei*, XXI, 25, CSEL, 40-2, p. 564. Cf. aussi *ibid.*, 19, CSEL, 40-2, p. 552 : « Item sunt alii ab aeterno supplicio liberationem nec ipsis saltem omnibus hominibus promittentes, sed tantummodo Christi baptismate ablutis, qui participes fiunt corporis eius ». Même idée *ibid.*, 27, CSEL, 40-2, p. 580.
189. C'est à la libération des « criminels » qu'avant tout il s'oppose.
190. *De civ. Dei*, XXI, 27, CSEL, 40-2, p. 580 : « Verum ista liberatio quae fit siue suis quibusque orationibus siue intercedentibus sanctis, id agit ut in ignem quisque non mittatur aeternum, non ut, cum fuerit missus, post quantumcumque tempus eruatur ».
191. Sur les causes de cette orientation de l'eschatologie chrétienne à l'époque de saint Grégoire, cf. J. Rivière, art. *Jugement*, DTC, VIII, 1925, 1801-1802 ; saint Grégoire lui-même écrit : « de quibusdam levibus culpis esse *ante judicium* purgatorius ignis credendus est ». Cf. Grégoire le Grand, *Dial.*, IV, 39, PL, 77, 396.

abréger ou supprimer sa propre expiation dans ce feu à venir[192]. Ajoutant que si l'on n'a pas accepté les tribulations terrestres ni le renoncement volontaire on est voué à subir intégralement le feu expiateur au jour du jugement.

2. La gravité des péchés expiés et purifiés par le feu du jugement.

A propos de la gravité des péchés expiés dans le feu du jugement, rien ne montre qu'Augustin restreint l'expiation purificatrice aux seuls péchés légers. Les Pères antérieurs ne l'ont pas fait, et lui-même ne l'a fait ni dans le thème de la rémission des péchés ni dans celui des « peines temporaires ».

Parmi les textes augustiniens étudiés plus haut le *Commentaire sur la Genèse* ne nous avance guère, puisqu'on dit simplement qu'après cette vie, les uns seront punis du feu purificateur et les autres du feu éternel[193].

Sans apporter la pleine lumière son *Commentaire sur les psaumes* nous permet de cerner davantage sa pensée. C'est le cas notamment au *Ps.* 1, où Augustin reprend les grandes lignes de l'exégèse traditionnelle au 4e siècle. Tous ressusciteront, dit-il, mais tous ne seront pas jugés : les *impies* ne viendront pas au jugement, leur perte est déjà assurée ; les *justes* y viendront, mais au lieu d'être jugés, ils jugeront les « pécheurs » qui seront seuls examinés[194]. Ici on voit que loin de les exclure définitivement du salut, les « pécheurs » sont les seuls qu'Augustin destine au feu du jugement et, pour les plus favorisés, les seuls à être sauvés à travers le feu[195].

Tout porte à croire que sa position n'a pas varié même aux *Ps.* 6 *et* 37 où sa déclaration massive du salut des chrétiens pourrait suggérer un moment que l'auteur se rallie aux thèses des « miséricordieux »[196]. Ce manque de nuance peut être dû simplement au fait qu'il n'a pas encore affaire à cette erreur. Ainsi, quand au *Ps.* 6 il se contente de condamner ceux qui n'ont pas le Christ comme fondement, rien ne montre qu'à cette époque de sa vie l'auteur entend par « fondement » uniquement la réception du baptême ou l'orthodoxie de la foi. Il en va de même au *Ps.* 37 où il annonce que les impies seront damnés et tous les autres sauvés à travers le feu, mais sans préciser si même les chrétiens « criminels » sont compris parmi ces gens sauvés ou s'ils seront la victime du feu éternel : « (ignis) qui in aeternum cruciaturus est impios »[197].

---

192. Cf. note 156.
193. Cf. note 158.
194. Dans la mentalité du 4e-5e siècle, parmi les justes, les Apôtres, les martyrs et les Prophètes occupent une place exceptionnelle. Cf. W. GLEASON, *Le monde à venir. Les fins dernières*, trad. fr., Paris, 1960, p. 108.
195. Cf. note 154.
196. Cf. note 155 et 156.
197. Cf. note 168.

Comme nous l'avons souligné plus haut, le commentaire du *Ps.* 80 marque un moment de transition dans l'exégèse augustinienne de I *Cor.* 3, 10-15 : au feu du jugement commence à s'ajouter ici le feu métaphorique des tribulations terrestres qui est repris d'Origène. Mais dans les deux cas, du feu du jugement au feu métaphorique, Augustin maintient l'exclusion des « criminels » de la possession du Royaume : « Non sibi polliceatur unusquisque habens facta nefaria, quae regnum Dei non possidebunt »[198]. Par contre, quand il s'agit du salut des « pécheurs », il n'est plus si sûr qu'Augustin les retranche sans appel. A cet endroit tout se passe comme si le feu du jugement était destiné à la purification même de péchés graves et le feu des tribulations terrestres, spécialement à celle des péchés moindres. Dans la première partie Augustin semble donc adopter simplement la tradition antérieure. Dans la deuxième, sous l'influence de sa réaction contre les « miséricordieux », son interprétation devient plus personnelle et plus restrictive[199].

Plusieurs indications tendent à montrer qu'Augustin est plus large quant à la gravité des péchés expiés par le feu du jugement que pour ceux dont il envisage ici la purification par le feu des tribulations terrestres. Ainsi, après avoir fermé au « crime » la voie du salut, il ajoute que ceux qui ont de l'or seront récompensés et ceux qui ont construit de la paille, c'est-à-dire le péché (peccata) seront sauvés à travers le feu[200]. Or ni la terminologie employée ni le contexte n'indique une quelconque restriction de « peccata » aux seuls péchés légers. De même, un peu plus bas, interpellant son auditoire, Augustin semble dire qu'ils seront sauvés, étant chrétiens, à moins qu'ils ne soient des « criminels »[201].

Interprétant l'apparition du feu à Abraham en *Gen.* 15, 9-17, dans son commentaire sur le *Ps.* 103 Augustin distingue les parfaits qui vivent de « l'esprit » ; puis, les schismatiques et les hérétiques, retranchés de l'Église ; et enfin les « pécheurs » demeurés dans son sein, mais encore attachés à la « chair[202]. Parmi ceux-ci, à la fin des temps, le feu du jugement viendra départager d'une part les élus et de l'autre les réprouvés[203].

Bref dans les *Enarrationes in psalmos*, par rapport au salut à travers le feu du jugement, il semble bien que la situation des « pécheurs » soit

---

198. Cf. note 168.
199. J. GNILKA, *Ist I Kor*, 3, 10-15 *ein Schriftzeugnis für das Fegfeuer ? Eine exegetisch-historische Untersuchung*, Düsseldorf, 1955, p. 167.
200. *Enarr. in Ps.* 80, 20, CCL, 39, p. 1132.
201. *Enarr. in Ps.* 80, 20, CCL, 39, p. 1132.
202. « Le pécheur fait partie de l'Église, lieu du salut... Elle est le corps du Christ. Or le pécheur a reçu le caractère sacramentel indélébile du baptême. Il est donc, d'une manière toute spéciale, relié au Christ, dont il ne s'est pas séparé volontairement par l'apostasie ou l'hérésie. Il n'est donc point coupé de la communion des saints. Augustin lui-même sera sensible à ces arguments... ». Cf. H. de LAVALETTE, art. *L'interprétation du psaume I, 5 chez les Pères « miséricordieux » latins*, dans *Rech. de sc. relig.*, 48 (1960) 562.
203. *Enarr. in Ps.* 103, serm. 3, 5, CCL, 40, p. 1504.

la même que dans les thèmes précédents : *l'incertitude*. Et c'est au souverain Juge qu'il appartiendra, lors de la rétribution finale, de décider qui envoyer à sa droite et qui à sa gauche. Ceci dépendra des mérites d'un chacun, bien sûr, mais aussi de la libre disposition du Juge.

Aux endroits où il traite du feu du jugement, le *De civitate Dei* n'est pas fort explicite sur la gravité des péchés qui sont purifiés par ce feu. Mais l'ensemble du livre montre que l'évêque d'Hippone condamne définitivement dans cet ouvrage les impies et les « criminels ». Or, même au plus fort de la lutte contre les « miséricordieux », jamais on ne le voit prendre une position aussi radicale à l'encontre des chrétiens « pécheurs ». Sur ce point c'est encore le même cas qu'aux thèmes de rémission de péchés et de « peines temporaires »[204].

En conclusion, l'examen des textes nous amène aux constatations suivantes. Sur les preuves bibliques de l'existence du feu du jugement, comme sur les propriétés, Augustin n'apporte rien de bien original par rapport à ses devanciers. Souvent il est même plus sobre.

En revanche, dans la condamnation définitive de ceux qui sont morts dans l'impiété, le schisme, l'hérésie et le crime, l'évêque d'Hippone fait montre d'une fermeté sans précédent.

II. L'HYPOTHÈSE AUGUSTINIENNE D'UN FEU PURIFICATEUR, ENTRE LA MORT ET LA RÉSURRECTION.

De tous les commentaires qu'Augustin a faits sur I *Cor.* 3, 10-15, trois ont orienté de façon décisive l'évolution ultérieure de la doctrine de l'expiation purificatrice. On les trouve respectivement dans le *De fide et operibus* (413), dans l'*Enchiridion* (423) et dans le *De civitate Dei*, XXI (426-27). Tous ces textes se situent dans une perspective de lutte ouverte contre les origénistes et les « miséricordieux ».

Et c'est ici que la postérité a cru devoir situer la contribution originale de l'évêque d'Hippone. Deux éléments nouveaux vont en effet apparaître : la restriction progressive de l'efficacité du feu purificateur aux seuls péchés légers ainsi que le transfert de ce feu entre la mort et la résurrection.

1. *L'hypothèse d'un feu purificateur entre la mort et la résurrection.*

Dans le *De fide et operitus* Augustin combat les erreurs des « miséricordieux » avec les conséquences pratiques qu'ils en tiraient. Il signale trois déviations de ce genre : l'admission générale des infidèles au baptême, même de ceux qui refusent de changer leur vie ; l'instruction des catéchumènes uniquement sur les normes de la foi, à l'exclusion des règles morales ; et enfin la promesse du salut à tous les chrétiens par l'observance de la seule orthodoxie de la foi[205].

---

204. Cf. note 116.
205. *De fide et oper*, I-II, CSEL, 41, p. 36-38.

Pour fonder leurs pratiques les « miséricordieux » recourent alors à une foule de textes scripturaires dont Augustin se met en devoir de réfuter la mauvaise interprétation[206]. Et c'est ainsi qu'il en arrive à 1 *Cor.* 3, 10-15. De par son obscurité même cette péricope paulinienne était une des citations favorites des « miséricordieux »[207].

Pour eux, l'or, l'argent, et les pierres précieuses signifient ceux qui combinent l'orthodoxie de la foi avec la rectitude des mœurs ; tandis que le bois, le foin et la paille seraient l'image de ceux qui tiennent à l'orthodoxie de la foi, mais sans s'embarrasser de l'intégrité des mœurs. Les « miséricordieux » disaient : même ceux-là seront sauvés grâce à l'expiation et à la purification à travers le feu annoncé par Saint Paul[208]. Notre auteur leur oppose alors d'autres citations scripturaires où les bonnes œuvres sont clairement exigées : « quoniam qui talia agunt regnum Dei non possidebunt »[209] ; « si vis venire ad regnum, serva mandata »[210] ; « sic ibunt illi in combustionem aeternam »[211].

Augustin donne ensuite sa propre interprétation. Le fondement de notre édifice spirituel, dit-il, c'est la foi qui opère par la charité[212]. Si le jeune homme riche, outre les aumônes qu'il faisait, avait abandonné tous ses biens sur le conseil de Notre-Seigneur, pour ne plus penser qu'à Dieu, il aurait construit de l'or, de l'argent et des pierres précieuses sur son fondement. En y restant attaché, mais d'une affection qui n'allait pas jusqu'au crime, ce jeune homme a construit sur son fondement du bois, du foin et de la paille. De même, celui qui s'attache à sa femme d'une affection charnelle, sans toutefois la préférer au Christ, celui-là construit aussi du bois, du foin et de la paille. Mais si pour garder ou acquérir ces voluptés quelqu'un n'hésite pas à commettre l'assassinat, l'adultère, la fornication, l'idolâtrie et d'autres crimes semblables, celui-là ne sera pas sauvé à cause du fondement de sa foi, mais ayant perdu le fondement il sera torturé au feu éternel[213].

Aux autres qui s'attachent aux biens de ce monde sans les préférer au Christ, la perte de ces jouissances sera infligée ici-bas. Ces biens leur seront arrachés et c'est à travers le feu de cette privation douloureuse qu'ils parviendront au salut. C'est dans ce contexte qu'Augustin va formuler pour la première fois son hypothèse d'un feu purificateur entre la mort et la résurrection. Tout à coup il va se demander si dans l'intervalle entre la mort et la résurrection on peut imaginer aussi l'existence d'un feu capable de purifier et de sauver ceux qui construisent des œuvres en bois, en foin et en paille :

---

206. *De fide et oper.*, VIII-XIV, CSEL, 41, p. 48-64.
207. *De fide et oper.*, XV-XVI, CSEL, 41, p. 64-74.
208. « Unde arbitrantur per quasdam poenas ignis eos posse purgari ad salutem percipiendam merito fundamenti ». Cf. *De fide et oper.*, XV, 24, CSEL, 41, p. 64-65.
209. *Gal.* 5, 19-21 ; 1 *Cor.*, 6, 9-10.
210. *Matth.* 19, 17-19.
211. *Matth.*, 25, 41.
212. *De fide et oper.*, XVI, CSEL, 41, p. 69-74.
213. *De fide et oper.*, XVI, 27, CSEL, 69-72.

« Bref, soit que l'on subisse ces peines seulement en cette vie, soit qu'il y ait encore après cette vie des jugements du même ordre, notre interprétation ne s'écarte pas, je crois, de la vérité. D'ailleurs, même si telle autre qui m'échappe, doit lui être préférée, nous pouvons tenir celle-ci sans être obligés de dire aux fraudeurs, révoltés, vicieux, libertins, meurtriers de leur père ou de leur mère, criminels, débauchés, pédérastes, souteneurs, menteurs, parjures et autres pécheurs agissant au rebours de la doctrine conforme à l'évangile du Dieu bienheureux : « Croyez seulement au Christ et recevez le sacrement de son baptême ; même sans rien changer à votre conduite abominable, vous serez sauvés »[214].

Dans l'*Enchiridion*, même procédé. Après avoir réfuté l'opinion des miséricordieux, Augustin donne sa propre interprétation de 1 *Cor.* 3, 10-15. Comme dans le *De fide et operibus*, il y voit le sens métaphorique des tribulations terrestres et de la douleur qu'on ressent ici-bas par la perte des objets licites auxquels on s'est attaché avec excès, mais sans les préférer au Christ. Ensuite, ici aussi, sans transition apparente, Augustin commence à se demander si dans l'au-delà une douleur semblable existe après cette vie :

« Que quelque chose de semblable se produise également après cette vie, ce n'est pas incroyable. En est-il ainsi de fait ? Il est loisible de le chercher, que ce soit pour le découvrir ou non. Quelques fidèles (dans ce cas) pourraient par un feu purificateur et, suivant qu'ils ont plus ou moins aimé les biens périssables, être plus tard ou plus tôt sauvés. Jamais pourtant ne le seront ceux dont il est dit qu' « ils ne posséderont pas le royaume de Dieu » si, par une pénitence convenable, ils n'obtiennent la rémission de leurs péchés »[215].

Dans le *De octo Dulcitii quaestionibus*, de nouveau ce passage est cité littéralement[216]. Enfin dans le *De civitate Dei* la même hypothèse est reprise, amplifiée et précisée. Mais la facture du texte reste toujours la même :

---

214. « Siue ergo in hac tantum uita homines patiuntur siue etiam post hanc uitam talia quaedam iudicia subsequuntur, non abhorret, quantum arbitror, a ratione ueritatis iste intellectus huiusce sententiae. uerumtamen etiam si est alius, qui mihi non occurrit, potius eligendus ; istum quamdiu tenemus, non cogimur dicere iniustis, non subditis, scelestis, contaminatis, parricidis, matricidis, homicidis, fornicatoribus, masculorum concubitoribus, plagiariis, mendacibus, periuris et si quid aliud sanae doctrinae aduersatur, quae est secundum euangelium gloriae beati dei : si tantummodo in Christum credatis et sacramentum baptisma eius accipiatis, etiamsi, uitam istam pessimam non mutaueritis, salui eritis ». Cf. *De fide et oper.* XVI, 29, CSEL, 41, p. 73 ; trad. *Biblioth. augustin.*, 8, p. 419.

215. « Tale aliquid etiam post hanc vitam fieri, incredibile non est, et utrum ita sit quaeri potest : et aut inveniri, aut latere, nonnullos fideles per ignem quemdam purgatorium, quanto magis minusve bona pereuntia dilexerunt, tanto tardius citiusque salvari ; non tales de quibus dictum est, quod regnum Dei non possidebunt, nisi convenienter poenitentibus eadem crimina remittantur ». Cf. *Enchrid.*, 69, édit. et trad. de *Biblioth augustin.*, 9, p. 427.

216. *De octo Dulcitii quaest.*, I, 33, PL, 40, 156.

longue réfutation de l'interprétation abusive de 1 *Cor.* 3, 10-15 ; commentaire personnel d'Augustin ; puis soudainement, l'hypothèse du feu purificateur entre la mort et la résurrection[217].

Sur l'hypothèse augustinienne, le *De civitate Dei*, XXI, 26, constitue le sommet de l'idée amorcée au *De fide et operibus*, et continuée dans l'*Enchiridion*. Il est aussi le pivot entre le feu purificateur du jugement décrit par les Pères antérieurs et donné ailleurs par Augustin lui-même, et le feu du purgatoire des Écrivains postérieurs. Il convient donc de le citer intégralement :

« Et donc, après la mort de ce corps, jusqu'à ce qu'on parvienne à ce jour qui suivra la résurrection des corps et qui sera le jour suprême de la condamnation et de la rénumération, si l'on dit que, dans cet intervalle de temps, les âmes des défunts subissent cette sorte de feu, ils ne le ressentent pas ceux qui pendant la vie en leur corps n'ont pas eu des mœurs et des amours tels que leur bois, leur foin, leur paille soient consumés ; mais les autres le ressentent, ayant apporté avec eux des constructions de pareille matière ; ils trouvent le feu d'une tribulation passagère qui brûlera à fond ces constructions qui viennent du siècle, soit ici seulement, soit ici et là-bas, ou même là-bas et pas ici, et elles ne sont d'ailleurs pas passibles de damnation : eh bien, je ne repousse pas cette opinion, car sans doute est-elle vraie ? De fait, à cette tribulation peut aussi appartenir la mort elle-même de la chair qui fut conçue de la perpétration du premier péché ; si bien que le temps qui suit la mort est ressenti par chacun selon sa propre construction »[218].

Augustin ajoute qu'on peut y voir aussi les persécutions qui ont couronné les martyrs et qui frappent tous les chrétiens ; comme on peut y lire également l'annonce des souffrances futures au temps de l'Antéchrist, etc.

En un mot, de l'ensemble des lieux que nous venons de produire une chose appert : Augustin et ses interlocuteurs viennent d'engager l'interprétation du feu de 1 *Cor.* 3, 10-15 dans un tournant décisif : de la fin des temps ce feu est ramené entre la mort et la résurrection. A ce point de vue précis, le commentaire augustinien sur 1 *Cor.* 3, 10-15 est donc l'ancêtre

---

217. *De civ. Dei*, XXI, 26, 4, CSEL, 40-2, p. 567-71.
218. « Post istius sane corporis mortem, donec ad illum ueniatur, qui post resurrectionem corporum facturus est damnationis et remunerationis ultimus dies, si hoc temporis interuallo spiritus defunctorum eius modi ignem dicuntur perpeti ; quem non sentiant illi, qui non habuerunt tales mores et amores in hujus corporis uita, ut eorum ligna, fenum, stipula consumatur ; alii uero sentiant, qui eius modi secum aedificia portauerunt, siue ibi tantum, siue et hic et ibi, siue ideo hic ut non ibi saecularia, quamuis a damnatione uenialia, concrementem ignem transitoriae tribulationis inueniant : non redarguo, quia forsitan uerum est. Potest quippe ad istam tribulationem pertinere etiam mors ipsa carnis, quae de primi peccati perpetratione concepta est, ut secundum cuiusque aedificium tempus quod eam sequitur ab unoquoque sentiatur ». Cf. *De civ. Dei*, XXI, 26, 4, CSEL, 40-2, p. 567-71 ; trad. *Biblioth. augustin.* 37, p. 499. — La pensée d'Augustin ne s'arrête jamais. Ici, p. ex., à chaque nouvelle interprétation, il élargit le sens du feu de 1 *Cor.* 3, 10-15.

immédiat de la doctrine du purgatoire, plus que celui sur *Mal.* 3, 3 et *Is.* 4, 4[219].

En dernière analyse on peut se demander la raison qui poussa brusquement Augustin à concevoir l'hypothèse d'un feu purificateur entre la mort et la résurrection. A première vue elle a été imaginée par ses adversaires auxquels il en fait la concession : « non abhorret », « incredibile non est », « non redarguo ». Ainsi le sens obvie du texte, de même que plusieurs indices d'ordre historique, inclinent à penser que cette hypothèse n'est pas de lui, en tout premier lieu, mais qu'elle est plutôt soit de ses adversaires les « miséricordieux » soit d'un autre milieu contemporain.

En tout cas, sous diverses affabulations on voit que l'idée d'une purification après la mort se trouve alors assez répandue. Dans le Mémoire que le prêtre espagnol Orose adressait à Augustin en 414 parmi les erreurs origénistes rencontrant le plus d'audience en Espagne figurent la purification et la réintégration finale de toutes les âmes au Royaume du Christ[220]. D'autre part vers la même époque Augustin lui-même s'élève contre une assertion selon laquelle même les saints anges doivent subir une purification[221]. Cependant les deux théories situaient cette purification de préférence à la fin des temps.

Il faut également se rappeler que l'*Apocalypse apocryphe de Paul* colporte en ce moment l'idée d'une purification après la mort, à travers un fleuve aux eaux plus blanches que le lait[222]. Toutefois, observons-le, dans l'hypothèse rapportée en saint Augustin, sans doute à cause de l'influence de 1 *Cor.* 3, 10-15, dans le cadre où s'insère la discussion, c'est la métaphore du *feu* qui est retenue et donc l'idée d'une purification à travers la souffrance et l'expiation.

Enfin, il est curieux aussi de constater combien la réserve de ses formules rappelle ici, dans une certaine mesure, celle qu'il a manifestée à propos de la mitigation des peines de l'enfer enseignée entre autres aussi par l'*Apocalypse apocryphe de Paul*[223].

Mais en fait, il est possible aussi que la tournure concessive de sa phrase soit un artifice littéraire et que la conjecture soit d'Augustin lui-même. En tout cas elle est intéressante pour la cause qu'il défend, car elle fait diversion. Effectivement, il n'est pas impossible qu'il ait voulu par là détourner les « miséricordieux » de leur négation de l'enfer

---

219. Sur cette influence postérieure de 1 *Cor.* 3, 10-15, cf. GRÉGOIRE le GRAND, *Dial.*, IV, 39, PL, 77, 397 ; A. D'ALÈS, art. *La question du purgatoire au concile de Florence* 1428, dans *Gregorianum*, 3 (1922) 9-50.

220. OROSE, *Commonitorium*, PL, 31, 1215, : « ac sic omnes peccatorum animas post purgationem conscientiae in unitatem corporis Christi esse redituras ».

221. *Ad Orosium, contra Priscillianistas et Origenistas*, VIII, 10, PL, 42, 674.

222. *Apocalypse des Paulus*, trad. H. DUENSING. chap. 22, 550.

223. *Apocalypse des Paulus*, trad. H. DUENSING, chap. 44, p. 560 ; en saint Augustin, voir *Enchirid.* 110 et 112 ; *De civ. Dei*, XXI, 24.

pour les ramener à une théorie plus acceptable : la purification des péchés légers entre la mort et la résurrection. Ce procédé, Augustin devait y recourir d'autant plus volontiers que les questions d'eschatologie individuelle commençaient à passionner son époque[224].

Mais une question précise reste encore à résoudre. Que concède exactement Augustin en disant : « non redarguo, quia forsitan verum est »[225] ? S'agit-il de *l'existence* même d'un feu purificateur entre la mort et la résurrection, ou seulement de *sa nature* ?

Les tenants d'une doctrine claire et ferme du purgatoire en saint Augustin répondent que son hypothèse porte uniquement sur *la nature* de ce feu purificateur. Comment admettre en effet, demandent-ils, qu'au chapitre 26 l'auteur hésite encore sur l'expiation purificatrice, quand il l'a affirmée si catégoriquement aux chapitres 13, 16, et 24[226] ?

Ce n'est pas le lieu de reprendre ici l'analyse des chapitres 13 et 24. Nous avons décrit en son temps la doctrine augustinienne des « peines temporaires » à ces endroits, et nous avons marqué la différence avec celle de l'expiation purificatrice. Reste le chapitre 16, où, pour l'auteur, il est réellement question de « purgatoria tormenta » et de « purgatoriae poenae »[227].

Remarquons d'abord, comme on l'a fait auparavant, que « post mortem » dans « post mortem purgatoria tormenta », tout comme « post hanc vitam » est une expression assez vague chez Augustin. D'ordinaire elle marque simplement l'opposition entre cette vie et toute l'eschatologie prise dans son ensemble. Par contre, si c'est le temps immédiatement après la mort qui est souligné, souvent on parle de « statim post mortem » ou de « statim post istam vitam »[228]. Quand, en deux mots, Augustin déclare au sujet des enfants morts après leur baptême : « non solum poenis non praeparetur aeternis, sed ne ulla quidem post mortem purgatoria tormenta patiatur », la brièveté même de sa remarque montre qu'il n'entend pas s'attaquer à fond au problème de la purification à cet endroit. Se rappelant sans doute sa discussion au chapitre 13 il n'est pas exclu qu'Augustin reprenne ici, dans une certaine mesure, l'idée de ses adversaires, sans trancher la question de l'époque de cette purification[229].

De plus, admettant clairement l'existence de peines purificatrices à la fin du monde, il est même probable que dans l'esprit de l'auteur le

---

224. Voyez, p. ex., tous les problèmes dont les références sont données aux notes 93-107.

225. *De civ. Dei*, XXI, 26, 4, CSEL, 40-2, p. 571.

226. Voir notes 1-2.

227. « Si sacramenta Mediatoris acceperit... non solum non poenis praeparetur aeternis, sed ne ulla quidem post mortem purgatoria tormenta non patiatur ». Cf. *De civ. Dei*, XXI, 16, CSEL, 40-2, p. 547 ; « Purgatorias autem poenas nullas futuras opinetur, nisi ante illud ultimum tremendumque iudicium » Cf. *ibid.*, p. 548.

228. Voir note 85.

229. Pour comprendre la réserve d'Augustin sur toutes ces questions de purification après la mort, cf. note 121.

couple « poenae aeternae » et « purgatoria tormenta » est vu, dans la perspective finale. Et c'est le cas de fait, nous l'avons vu, dans son explication du *ps.* 37 : « non solum de *illo aeterno* (*igne*) qui in aeternum cruciaturus est impios, sed etiam de *illo qui emendabit* eos qui per ignem salui erunt ». Il en va de même dans son commentaire sur la *Genèse* : « habebit, vel ignem purgationis vel poenam aeternam ».

En outre, la proposition : « *poenis non praeparetur aeternis* », rappelle, selon toute apparence, le jugement dernier évoqué en *Matth.* 25, 41 « Discedite a me, maledicti, in *ignem aternum qui praeparatus* est diabolo et angelis ejus »[230].

Ajoutons enfin qu'Augustin reparle de ces « peines purificatrices » à la fin du même chapitre. Or là sa pensée se situe clairement au jour du jugement, dans le futur eschatologique, avant la sentence définitive : « Purgatorias autem poenas nullas *futuras* opinetur, nisi ante illud ultimum tremendumque iudicium »[231]. Il n'y a pas de doute que ces « peines » sont les mêmes que celles du livre XX : « in illo iudicio quasdam quorundam purgatorias poenas *futuras* »[232] ; « quando igne iudicii novissimi *mundabuntur* »[233].

Bref, les chapitres 13 et 24 étant déjà hors de cause, de toutes ces considérations sur le chapitre 16 que faut-il conclure ? que tout au moins, il n'est pas clair qu'Augustin enseigne en ce chapitre 16 l'expiation purificatrice entre la mort et la résurrection. Au contraire, tout incline à penser qu'il s'agit là des peines purificatrices réservées au jour du jugement.

Mais ce n'est pas tout. Au même chapitre 26, les tenants de la doctrine du purgatoire en saint Augustin relèvent encore un autre élément. Pour montrer que ce n'est pas l'existence même qui est problématique, mais seulement la nature du feu purificateur entre la mort et la résurrection, on nous affirme que la préoccupation précise d'Augustin serait de savoir si le feu envisagé est un feu métaphorique ou matériel, comme celui de l'enfer enseigné quelques lignes plus haut[234].

Nous ne pensons pas que tel soit le point en litige ici. La *nature* du feu de l'enfer a été discutée aux chapitres 9-10. Depuis le chapitre 13, du livre XXI jusqu'à la fin du chapitre 27, Augustin est engagé dans la défense de *l'éternité* de l'enfer. Il n'y a donc pas lieu de se référer, à propos du feu purificateur, à la *nature* du feu de l'enfer qui n'est pas en cause ici.

L'examen des lieux parallèles nous conduit également au même rejet. Depuis le *De fide et operibus*, en passant par *l'Enchiridion*, l'interprétation

---

230. « Paratus » est la leçon de la Vulgate ; et « praeparatus » est celle retenue par J. WORDSWORTH et H.J. WITHE, et signalée par E. NESTLE.
231. *De civ. Dei*, XXI, 16, CSEL, 40-2, p. 458.
232. *De civ. Dei*, XX, 25, CSEL, 40-2, p. 496.
233. *De civ. Dei*, XX, 26, CSEL, 40-2, p. 499.
234. Voir notes 1-2.

augustinienne du logion paulinien est un commentaire de structure tripartite de plus en plus élaboré : réfutation de l'opinion abusive des « miséricordieux », interprétation personnelle dans le sens d'un feu terrestre et
métaphorique et, pour finir, l'hypothèse d'un feu purificateur entre la
mort et la résurrection. Le *De civitate Dei* ne renonce pas à cette composi-
tion. Mais, en auteur qui souvent « se laisse distraire par les idées adven-
tices »[235], entre le deuxième et le troisième point, Augustin insère un
nouvel élément : le feu éternel de l'enfer. Or dans les ouvrages antérieurs où
le feu de l'enfer n'est pas encore mentionné, il apparait clairement que la
comparaison renvoie au feu transitoire de la tribulation terrestre auquel
nous réfèrent les comparatifs « talia quaedam iudicia » et « tale aliquid ».
On ne voit pas pourquoi il en serait autrement dans le *De civitate Dei.*

Au surplus, la fin de la phrase montre, à n'en pas douter, qu'Augustin
n'hésite pas sur la nature de ce feu. Pour lui il est métaphorique. En effet,
il ne dit pas : « la tribulation passagère *d'un feu* brûlant », mais « le feu
brûlant d'une *tribulation* passagère » : « concremantem ignem transitoriae tribulationis inueniant »[236]. Disons donc, en un mot, qu'Augustin
parle vraiment d'un feu métaphorique, mais qu'en fait sa problématique
à cet endroit ne s'intéresse guère à cet aspect de la question.

Quant aux autres propriétés du feu de l'hypothèse augustinienne,
elles se déduisent des trois passages que nous venons de voir. Les trois se
complètent d'ailleurs. Ainsi ce feu nous est-il présenté aussi comme un feu
expiateur, pareil en cela à celui du jugement, « patiuntur »[237], « urit
dolor »[238], « perpeti », « concremantem ignem »[239]. Il est *purificateur*
également. Le *De fide et operibus* n'utilise pas le mot, mais tout montre
que nous sommes dans un contexte de purification. Les contradicteurs
d'Augustin parlent même d'un feu purificateur à travers lequel même les
« criminels » seront sauvés, « per quasdam poenas ignis eos posse purgari
ad salutem percipiendam merito fundamenti »[240]. Le *De civitate Dei* ne
l'a pas non plus, mais à son sujet on peut formuler la même observation
qu'à propos du *De fide et operibus.*

L'*Enchiridion* et le *De civitate Dei* soulignent aussi le caractère *transitoire* du feu. Pour chacun d'entre nous la durée de l'expiation dépendra

---

235. « Saint Augustin ayant entamé une idée, ne sait pas s'imposer de la conduire
jusqu'au bout sans se laisser distraire. Il lui arrive de traiter à la fois deux sujets,
entrelaçant les thèmes au lieu de les séparer. Souvent on le voit prendre, quitter,
reprendre son idée ; son esprit bondit sans cesse, pousse des pointes dans diverses
directions, puis reprend le propos interrompu. D'autres fois il ne se presse pas de
le reprendre et prolonge son excursion : de là ce goût, parfois vraiment pénible,
pour la digression ». Cf. H.I. MARROU, *Saint Augustin et la fin de la culture antique,*
4 édit., Paris, 1958, p. 69-70.
236. *De civ. Dei,* XXI, 26, CSEL, 40-2, p. 571.
237. *De fide et oper.,* 16, 29, CSEL, 41, p. 73.
238. *Enchirid.* 69, *Biblioth. augustin.,* 9, p. 226-28.
239. *De civ. Dei,* XXI, 26, CSEL, 40-2, p. 571.
240. *De fide et oper.,* 15, 4, CSEL, 41, p. 65.

de l'intensité de nos attaches mondaines, « quanto magis minusve bona pereuntia dilexerunt, tanto tardius citiusque salvari »[241] ; « ut secundum cuiusque aedificium tempus quod eam sequitur ab unoquoque sentiatur »[242] Cette peine, le *De civitate Dei* l'appelle explicitement une tribulation « transitoire »[243].

Augustin accepte donc ici l'hypothèse d'un état de souffrance après la mort, mais dont les victimes, contrairement aux thèmes précédents, n'auraient plus à craindre de se perdre éternellement. Cette certitude provient du fait qu'il s'agit de péchés dont Augustin veut de plus en plus limiter la gravité. Les origénistes et les « miséricordieux » ont revendiqué le salut même des chrétiens « criminels » et ils étaient *sûrs* en tout cas de celui des « pécheurs ». Désormais l'influence d'Augustin sera telle que son hypothèse va pratiquement éclipser la problématique du salut des « pécheurs »[244].

Sur le moment de l'intervention du feu en question, l'ensemble des textes évolue vers la précision. Dans le *De fide et operibus* l'hypothèse est encore embryonnaire. On ne souligne pas encore clairement qu'il s'agit de l'intervalle entre la mort et la résurrection. Augustin dit seulement « post hanc vitam ». Mais la comparaison avec le lieu parallèle du *De civitate Dei*, XXI, 26, laisse croire qu'il est question du même moment dans les deux.

Pour situer ce feu hypothétique, l'*Enchiridion* utilise la même expression que le *De fide et operibus* : « post hanc vitam ». Le moment où ce feu agira est plus nettement exprimé dans le *De civitate Dei*. Là, Augustin l'insère entre la mort et la résurrection, « hoc temporis intervallo »[245].

En ce qui concerne éventuellement le moyen de sortir de ce feu, la situation est encore la même que dans la doctrine du feu du jugement. A la différence des thèmes de rémission de péchés et de « peines temporaires », l'interprétation de I *Cor.* 3, 10-15, même ramenée dans le cadre étroit de l'eschatologie individuelle, n'entre pas à cet endroit dans la problématique des suffrages pour les morts. Ici c'est avant tout par son *expiation personnelle* après la mort que l'homme paraît purifié et finalement sauvé.

2. *La gravité des péchés expiés par le feu purificateur de l'hypothèse augustinienne.*

Le péché léger semble constituer la matière spécifique du feu purifi-

---

241. Cf. note 215.
242. Cf. note 217.
243. Cf. note 217.
244. L'étude des *Dialogues*, IV, révèle chez Grégoire le Grand un intérêt considérable pour le péché véniel. Cette attitude provoque dans cette partie de son œuvre une véritable réduction des éléments augustiniens. La rémission des péchés, l'interprétation de *Matth.* 12, 32, le feu purificateur, les suffrages pour les morts : tout cela est réduit aux dimensions du péché véniel, au sens actuel du mot.
245. Voir note 236.

cateur entre la mort et la résurrection. Augustin possède un vocabulaire très étendu pour le désigner, nous l'avons vu[246].

Tout ce qui précède montre pourtant que l'hypothèse augustinienne n'est pas née sous la pression directe du progrès théologique de la morale du péché. L'hypothèse d'Augustin doit son origine à une controverse qui s'est portée d'emblée sur le plan eschatologique.

Il y a une confirmation à ce point de vue. On a le fait, par exemple, que sa doctrine complète du péché léger et ses catalogues les plus exhaustifs s'élaborent ex professo en d'autres occasions. Comme son contemporain saint Jérôme il le fait dans ses discussions avec Jovinien et les Pélagiens[247].

Personnellement il le fait aussi dans ses commentaires sur l'oraison dominicale[248] et dans sa morale conjugale. Celle-ci se forge principalement dans le *De bono conjugali* et le *De nuptiis et concupiscentiis*[249]. Dans ces ouvrages Augustin détermine avec une finesse incomparable ce qu'il croit être le péché léger contre la chasteté conjugale[250].

Par contre les nombreuses fois que l'exégèse de 1 *Cor.* 3, 10-15 nous est donnée, on voit qu'Augustin ne fait qu'appliquer la doctrine du péché léger déjà élaborée ailleurs. Encore n'en propose-t-il que deux exemples : la recherche exagérée de la jouissance de l'acte conjugal chez les mariés et l'attachement excessif aux richesses du siècle chez les possédants[251].

Bien plus, dans le *De civitate Dei*, XXI, 26, le premier exemple seul est exploité. Plus tard ses disciples étendront le principe à l'ensemble des péchés que la morale appellera les péchés « véniels ».

Une autre confirmation de l'indépendance originelle de la doctrine du feu expiateur vis-à-vis du progrès de la théologie du péché léger est le fait que traitant explicitement de celui-ci, presque jamais Augustin ne s'arrête à sa sanction eschatologique[252]. La seule appréhension qu'il nourrit à cet

---

246. Voir note 36.

247. M. HUFTIER, *Péché mortel et péché véniel*, dans *Théologie du péché (Bibliothèque de théologie*, s. 2, 7), Tournai, 1960, p. 382-91.

248. *De oratione dominica*, serm. 56, 12, PL, 38, 382-83.

249. Pour les références à ces ouvrages ainsi qu'à d'autres de saint Augustin, cf. L. JANSENS, art. *Morale conjugale et progestogènes*, ETL, 4 (1963) 794-96.

250. « En effet, l'évêque d'Hippone a été amené par sa polémique avec les Manichéens, Jovinien et les Pélagiens à traiter longuement des questions de morale conjugale. Son autorité a été telle que, pendant des siècles, les auteurs l'ont suivi jusque dans la façon de poser et de sérier les problèmes » Cf. L. JANSENS, art. *Morale conjugale et progestogènes*, ETL, 4 (1963) 794).

251. Il serait intéressant d'établir aussi le lieu exact de la morale augustinienne concernant la richesse. — En tout cas, dans plusieurs sermons, saint Augustin insiste sur le bon usage des richesses, sur l'obligation et les bons effets de l'aumône. Cf. H. RONDET, dans *Saint Augustin parmi nous*. Chap. III. *Richesse et pauvreté dans la prédication de saint Augustin*, Paris, 1954, p. 111-148.

252. *De bono conjugali*, 7, 6, CSEL, 41, p. 195 ; *ibid.*, 11, 12, CSEL, 41, p. 203 ; *De natura et gratia*, 38, 45, CSEL, 60, p. 266 ; *Enchirid.*, 71, 19, Biblioth. augustin., 9, p. 230-231 ; *De oratione dominica*, serm. 56, 12, PL, 38, 382 ; Serm. 181, 6-8, PL, 38, 982-983.

égard, c'est une certaine addition des péchés « menus ». Aussi conseille-t-il de s'en purifier continuellement. En effet, les grains de sable accumulés pèsent-ils moins lourd que le plomb ? demande-t-il. Les gouttes d'eau rassemblées ne forment-elles pas un grand fleuve ?[253]. A cause de cette crainte de damnation par le cumul des péchés « menus », ne fût-ce que par engourdissement psychologique, Augustin répète comme un refrain que le moyen d'en prévenir les conséquences funestes, c'est la récitation du Pater en insistant sur la demande : « dimitte nobis debita nostra »[254]. Il recommande aussi l'aumône et le pardon des offenses[255].

Pour finir, nous pouvons dire qu'il y a au moins deux catégories d'hommes qui ne sont pas concernés par le feu de l'hypothèse augustinienne : les *saints* « qui eius modi ignem non sentiant »[256], ainsi que les *criminels* : car les assassins, les adultères et les idolâtres sont voués au feu éternel[257], à moins que par la pénitence ils ne disent adieu à leurs crimes, « nisi convenienter poenitentibus eadem crimina remittantur »[258]. Quant aux « pécheurs » leur salut n'est pas affirmé ni rejeté. En fait leur problème est différent. Et jusqu'à la fin, l'issue de leurs « peines temporaires » va demeurer incertaine à Augustin[259], alors qu'à ses yeux la sanction du péché léger, si elle a lieu, ne doit pas être plus qu'une tribulation « passagère »[260].

CONCLUSION GÉNÉRALE

Au terme de cette étude, il nous faut, pour conclure, indiquer exactement la contribution de l'évêque d'Hippone dans l'évolution de la doctrine du purgatoire, conformément à ce que nous avons annoncé dans notre introduction. Cette évolution, disons-le tout de suite, il ne l'a ni entamée, ni conclue.

Quand il est intervenu, deux éléments étaient déjà en présence : la doctrine des suffrages pour les morts et celle du feu purificateur du jugement. Ces éléments, il va les reprendre et les faire progresser, mais sans jamais les associer. Nulle part en effet nous ne l'avons vu établir une relation entre les suffrages pour les morts et la doctrine du feu purificateur.

Dans la première série de textes, et principalement dans la prière pour sa mère, comme dans son commentaire sur la parabole du mauvais riche et du pauvre Lazare, ainsi que dans les *Sermons* 172 et 173, nous avons plutôt rencontré le thème de la rémission des péchés.

---

253. Cf. note 248.
254. *Matth.* 6, 12.
255. *In Joan. Evangel.*, tract. 124, 5, PL, 35, 1973.
256. *De civ. Dei*, XXI, 26, CSEL, 40-2, p. 571.
257. *De fide et oper.*, XVI, 27, CSEL, 41, p. 71-72 ; *ibid.*, 30, p. 74.
258. *Enchirid.*, 69, *Biblioth. augustin.*, 9, p. 226-28.
259. *De civ. Dei*, XXI, 13, 24 et 27.
260. Cf. note 256.

Plus tard, en 419, à partir de la discussion autour de la délivrance du petit Dinocrate, sauvé par les prières de sa sœur sainte Perpétue, une étape importante est franchie dans la signification des suffrages pour les morts. Outre la rémission des péchés les témoignages commencent à évoquer certaines « peines » et une certaine « condamnation ». Mais ni le vocabulaire employé ni leur finalité, ni les citations scripturaires qui les accompagnent ne permettent une assimilation avec la doctrine du feu purificateur.

Il en va de même, de 421 à 423, dans le *De cura pro mortuis*, l'*Enchiridion* et le *De octo Dulcitii quaestionibus* où le problème des suffrages pour les morts est abordé sur le plan général. Vers 426 le *De civitate Dei* reprendra également la même doctrine au livre XXI, 13, 24 et 27, et en précisant que la rémission des péchés est accordée aux âmes qui souffrent de ces « peines », afin qu'au jugement dernier elles ne soient pas jetées au feu éternel.

En fin de compte, ces « peines » et cette « condamnation » offrent plus d'analogie avec une espèce de « damnation provisoire » qu'avec une « expiation purificatrice ». En un mot, d'après l'ensemble des textes, ce sont là des « peines » d'où l'on peut encore sortir grâce à la miséricorde divine, à l'intercession des saints et aux suffrages des vivants, mais qui peuvent aussi bien se confirmer ou être remises au dernier jugement. D'autre part, ce pardon n'est accordé qu'aux « pécheurs », car ceux-là ont encore le *besoin* et la *capacité* d'obtenir la miséricorde divine après la mort. Les « impies » et les « criminels » impénitents sont exclus à jamais.

Dans la seconde série de textes, Augustin prépare vraiment l'avènement de la doctrine actuelle du purgatoire, entendue dans le sens d'une expiation purificatrice des péchés véniels entre la mort et la résurrection. Cet enseignement est lié chez lui au thème du feu purificateur dont il va marquer l'évolution en trois étapes.

Jusqu'en 413, il reprend simplement l'enseignement des Pères des 3e et 4e siècles sur la purification des « pécheurs » à travers le feu du jugement, à la fin des temps. Ici il n'apporte rien de bien original.

Mais de 413 à 426 environ, en réaction contre les « miséricordieux », il préfère, surtout dans son commentaire sur 1 *Cor.* 3, 10-15, entendre le feu purificateur dans le sens métaphorique des tribulations terrestres et de la douleur que cause ici-bas la perte des objets licites qu'on a aimés avec trop d'ardeur, sans toutefois les préférer au Christ. A ce stade c'est avec une fermeté sans précédent qu'il s'oppose au salut des « criminels » impénitents.

En même temps, dans le *De fide et operibus*, l'*Enchiridion* et le *De civitate Dei*, il fait le dernier pas. Avec les « miséricordieux » en effet il en vient à examiner l'existence éventuelle d'un feu purificateur qui ne se situerait ni sur la terre ni au jugement dernier, mais aussitôt après la mort. Ici, d'après la teneur des textes, ce qui fait problème, c'est l'existence même d'un feu purificateur entre la mort et la résurrection, et non uniquement la question de sa nature réelle ou métaphorique. Finalement Augustin accorde à ses contradicteurs l'hypothèse d'un tel feu, mais tout en manifestant de nouveau son opposition absolue au salut des « criminels ». Bien plus, sans écarter ouvertement les « pécheurs », par les exemples qu'il donne, son interprétation de I *Cor.* 3, 10-15 paraît de plus en plus restrictive.

Et ce sont surtout ces deux amorces de la pensée augustinienne que la postérité va retenir et développer, c'est-à-dire : la tendance à limiter l'efficacité du feu purificateur aux péchés légers, ainsi que le transfert de ce feu entre la mort et la résurrection.

En ce qui concerne le moyen éventuel d'en être délivré, la situation reste la même que dans la doctrine du feu du jugement. Ce n'est pas l'intervention des vivants qui est proposée mais c'est avant tout par son *expiation personnelle* après la mort que l'homme paraît purifié et finalement sauvé. Ici également c'est la postérité qui fera la synthèse entre la doctrine des suffrages pour les morts et celle du feu purificateur.

*
* *

En un mot, pour répondre valablement à la question de savoir si Augustin est le premier à enseigner clairement et fermement la doctrine du purgatoire il nous faut recourir à des distinctions.

Avant lui, bien des Pères ont tenu la doctrine du feu purificateur, mais ce feu, ils le situent de préférence à la fin des temps. Dans le cadre de l'exégèse de I *Cor.* 3, 10-15, Augustin est le premier à énoncer clairement l'existence d'un feu semblable entre la mort et la résurrection. Mais à ce point de vue précis il faut reconnaître que l'évolution de sa pensée ne paraît guère avoir dépassé le niveau d'une hypothèse. On peut donc dire à cet égard qu'il est effectivement le premier des Pères à formuler ce point d'une manière précise, mais non à le proposer de façon absolue. Cette dernière étape sera franchie après lui.

A partir de là peut-on cependant affirmer avec Lewalter qu'au fond il n'envisage que le salut et la damnation après la mort ? C'est là certainement sa pensée en ce qui concerne la période après le dernier jugement. Avant cette échéance, même en admettant cette dualité, tout se passe comme si la « condamnation » des « criminels » était irrévocable aussitôt après la mort, tandis que celle de certains « pécheurs » serait moins définitive. Et dans cette perspective, le pardon qu'il espère de l'indulgence divine et de la prière des hommes reste encore plus large, semble-t-il, que dans son hypothèse du feu purificateur ; et plus large également que celui qu'aujourd'hui on attendrait pour les morts.

Bibliographie

ANRICH, G., *Clemens und Origenes als Begründer der Lehre vom Fegfeuer*, Tubingue et Leipzig, 1902.

BARTMANN, B., *Das Fegfeuer. Ein christliche Totsbuch*, Paderborn, 1930.

BAUER, K., *Zu Augustins Anschuung von Fegfeuer und Teufel*, dans *Zeitschrift zur Kirchengeschichte*, 43 (1924) 351-355.

BERNARD, P., *Purgatoire*, dans *Dict. apologétique de la foi catholique*, IV, 4 édit. 1928, col. 496-528.

CONGAR, Y.M.J., *Le purgatoire*, dans *Le mystère de la mort et sa célébration* (*Lex orandi*, 12), Paris, 1956, p. 279-336.

D'ALÈS, A., *La question du purgatoire au concile de Florence en 1428*, dans *Gregorianum*, 3 (1922) 9-50.

DE LAVALETTE, H., *L'interprétation du psaume 1,5 chez les Pères « miséricordieux » latins*, dans *Recherches de science religieuse*, 48 (1960) 544-563.

DÖLGER, F.J., *Antike Parallelen zum leidenden Dinocrates in der Passio Perpetuae*, dans *Antike und Christentum. Kultur und Religionsgeschichtestudien*, T. II, fasc., 1, 1932, p. 1-10.

DURKIN, E.F., *The theological distinction of sins in the writings of st. Augustine*, Mundelein (Illinois, U.S.A.), 1952.

EDSMAN, C.M., *Le baptême de feu*, Leipzig et Upsala, 1940.
— *Ignis divinus. Le feu comme moyen de rajeunissement et d'immortalité. Contes, légendes, mythes et rites*, Lund, 1949.

EGER, H., *Die Eschatologie Augustins*, Greifwald, 1933.

FRANTZ, A., *Das Gebet für die Todten in seinem Zusammenhang mit Cultus und Lehre nach den Schriften des hl. Augustinus*, Nordhausen, 1857.

GAVIGAN, J.J., *Sancti Augustini doctrina de purgatorio, praesertim in opere « De civitate Dei »*, dans *La Ciudad de Dios*, 167-2 (1954) 283-296.

GNILKA, J., *Ist 1 Kor. 3, 10-15 ein Schriftzeugnis für das Fegfeuer ? Eine exegetisch-historische Untersuchung*, Düsseldorf, 1955.

GOUBERT, J. - CRISTIANI, L., *Les plus beaux textes sur l'au-delà*, Paris, 1950.

HARTMANN, C., *Der Tod in seiner Beziehung zum menschlichen Dasein bei Augustinus*, Giessen, 1932.

HILL, N., *Die Eschatologie Gregors des Großen*, Fribourg en Brisgau, 1942.

HOFMANN, R., *Fegfeuer*, dans *Realencyclopädie*, V, 1898, p. 788-792.

HUBAUX, J., *Saint Augustin et la crise eschatologique à la fin du IVe siècle*, dans *Académie Royale de Belgique. Bulletin de la classe des lettres*, 40 (1954) 658-73.

JAY, P., *Le purgatoire dans la prédication de saint Césaire d'Arles*, dans *Recherches de théologie ancienne et médiévale*, 24 (1957) 5-14.
— *Saint Cyprian et la doctrine du purgatoire*, dans *Recherches de théologie ancienne et médiévale*, 27 (1960) 133-136.

JUGIE, M., *Purgatoire dans l'Église gréco-russe. Après le concile de Florence*, dans *Dict. de théologie catholique*, XIII, 1936, col. 1326-1357.

LAMIRANDE, E., *L'Église céleste selon saint Augustin (Études augustiniennes)*, Paris, 1963.

LANDÈS, A., *Saint Augustin. Le culte des morts*, Paris, 1930.

LEHAUT, A., *L'éternité des peines de l'enfer dans saint Augustin*, Paris, 1912.

LESETRE, H., *Purgatoire*, dans *Dict. de la Bible*, V, 1912, col. 874-879.

LEWALTER, E., *Eschatologie und Weltgeschichte in der Gedankenwelt Augustins*, dans *Zeitschrift für Kirchengeschichte*, 53 (1934) 1-51.

LOTH, A., *La prière pour les morts dans l'antiquité chrétienne*, dans *Revue anglo-romaine*, 1 (1895) 241-254.

MASON, A., *Tertullian and Purgatory*, dans *Journal of theological studies*, 3 (1902) 598-601.

MICHEL, A., *Feu du jugement*, dans *Dict de théologie catholique*, V, 1913, col. 2239-2246.
— *Feu du purgatoire*, dans *Dict. de théologie catholique*, V, 1913, col. 2246-2261.
— *Mitigation des peines de la vie future*, dans *Dict. de théologie catholique*, X, 1928, col. 1997-2009.
— *Purgatoire*, dans *Dict. de théologie catholique*, XIII, 1936, col. 1163-1326.
— *Les mystères de l'au-delà*, Paris, 1953.

MICHL, J., *Geritsfeuer und Purgatorium zu 1 Kor. 3, 12-15*, dans *Studiorum paulinorum congressus internationalis catholica*, Rome, 1963, p. 395-401.

O'BRIEN, E., *The scriptural proof for the existence of Purgatory from Macchabees 12, 43-45* dans *Sciences ecclésiastiques*, 2 (1949) 80-108.

PICARD, E.. *Purgatoire*, dans *Encyclopédie des sciences religieuses*, XI, 1881, p. 30-31.

PLAINE, F., *La piété pour les morts pendant les cinq premiers siècles de l'Église*, dans *Revue du clergé français*, sept.-nov. (1895) 365-76.

PORTALIÉ, E., *Augustin (saint)*, dans *Dict. de théologie catholique*, I, 1902, col. 2268-2472.

QUILLIET, H., *Descente de Jésus aux enfers*, dans *Dict. de théologie catholique*, IV, 1911, col. 565-619.

RAHNER, K. - GNILKA, J. - CLOSS, A. - BRANUFELS, W., *Fegfeuer*, dans *Lexikon für Theologie und Kirche*, IV, 1960, col. 49-55.

RIVIÈRE, J., *Purgatoire*, dans *Dict. pratique des connaissances religieuses*, V, 1927, col. 953-961.

RONDET, H., *Le purgatoire*. Paris, 1948.

TURMEL, J., *Eschatologie à la fin du IVe siècle*, dans *Revue d'histoire et de littérature religieuse*, (1900) 97-127 ; 200-232 ; 289-321 (tiré à part aussi).

VACANDARD, E., *La prière pour les trépassés dans les premiers siècles*, dans *Revue du clergé français*, oct.-déc. (1907) 146-161.

VAN DER MEER, F., *Saint Augustin pasteur d'âmes*, trad. fr., Paris, vol. II, 1955, p. 327-367.

Table des Matières

IMPRIMATUR
Parisiis, 17 martii, 1966
J. Hottot, v.g.

Dépôt légal 2ᵉ trimestre 1966
Imprimerie de l'Indépendant, 24, rue Chevreul, Château-Gontier (Mayenne)